シェイクスピア・ブックス

シェイクスピア喜劇の世界

ノースロップ・フライ 著
石原孝哉／市川 仁 訳

三修社

シェイクスピア喜劇の世界／目次

序論

本書は、一九六三年十一月、コロンビア大学において「シェイクスピアのロマンスの発展」と題して行なった「バンプトン講義」を改訂したものである。コロンビア大学、ならびに、講義の司会をして下さったロレンス・チェンバレン副学長およびルイス・レアリィ教授、ジョン・マクギル・クラム師、ライオネル・トリリング教授の厚意と厚遇に厚く御礼申し上げる。

出版に際して、元の原稿を修正・加筆したのはもちろんだが、内容は公開講義の枠をはみ出してはいない。すなわち、本書はシェイクスピア喜劇の概論であって、粗悪な四折本、乱雑な原稿、酔っ払った植字工などについて、私などとうてい及ばないような博学を要求するたぐいのシェイクスピア学に貢献するものではない。期間が限られていたため、シェイクスピアの喜劇が準備できた唯一の題材であった。分かったときはすでに遅かったのであるが、この講義は一九六四年の初頭まで続くことになっていた。ところが、この年には、十進法に対する迷信的尊敬心からか、とにかく、この年がシェイクスピア生誕四百年にあたるというので、信じられないほどのシェイクスピア批評が出ることになっていた。これまで喜劇を主題に多くの論文を書いたが、その多くは『批評の解剖』に収録してある。このため本書の一部にはやむなく同書と要点が重複している箇所がある。とはいえ、私は本書が独自の役割を担ってくれることと思う。シェイクスピアの喜劇についてはいろいろ書かれてきたにもかかわらず、依然としてかなり誤解され、過小評価されている。四つのロマンスは必然的に、しかも純粋に、シェイクスピアの業績の頂点を形成するというのが私の大命題だが、多くの人びとは、これを私ほど明確にとらえてはいないようである。

この講義で私が用いた視点は特殊なものであり、価値評価には馴染まないであろう。私もそう願っている。シェイクスピアの個々の劇は、それ自体が世界である。しかも非常に完璧かつ充足した世界なので、そのなかに没入することは容易であり、楽しく、しかも有益である。こうして、シェイクスピア批評の大多数は、ひとつひとつの劇の注釈を中心に書かれるようになった。本書は、注釈から一歩下がって中間距離に立ち、喜劇を反復されるイメージや構造的手法によって統一されたひとつのグループとしてとらえている。この視点からみれば、喜劇は、一人の熟練者を相手に大勢が一度にチェスをやっているように見えるだろう。彼は自分の慣れ親しんだ手法により全員に勝ってしまう。この手法は、忍耐強く研究すれば誰にも馴染むものなのだが、依然として理解しがたい神秘的な技と思われている。もっと重要なことは、読者が個々の劇の特徴、性格描写のあざやかさ、イメージの肌理といったことから、喜劇がどのような形態をもち、文学のなかでどのような立場にあるかを考察するようになることである。これを一助として、読者がシェイクスピアを読んだ経験と、他の文学や戯曲を読んだ経験との関係について、いっそう理解を深めることを願うものである。

表題は、『十二夜』の終幕近くの「自然が作りなした鏡だ」という公爵のせりふからとった。私が本書に個人的につけた表題、『底知れぬ夢』のほうが、おそらく、主題をはっきりと示しているかもしれない。

本書はヴィクトリア・コレッジの学寮長の職にある私に、一年間の不在を許可してくれたことに謝意を表して、ヴィクトリア大学評議員会に献げるものである。

N・F

トロント大学、ヴィクトリア・コレッジにて、一九六四年七月。

第一章

遠い昔話

本書は批評の原理とシェイクスピアの喜劇の鑑賞を扱ったものである。原理からは複雑な理論が生まれ鑑賞からは複雑な経験が生まれるので、二分法のように、物事を非常に単純化する方法から始めるのがよいと思われる。コウルリッジ[1]によれば、あらゆる哲学者はプラトン信奉者か、あるいはアリストテレス信奉者であるという。また、ギルバート[2]によれば少年少女は誰も自由主義者か、保守主義者であり、世間のうわさではあらゆる人間は男か、女であるという。これではあまりに単純化しすぎて、事実の説明というより言葉の遊びになっている。もっとも、これは大きな対象の輪郭をみるための視点を示そうとしたもので、その真実を語ろうとしたものではない。同じ方法、同じ課題を同じ条件で扱うことを前提として、文学批評にも同様の二分法を用いることから始めたいと思う。コウルリッジの流儀に従えば、あらゆる文学批評家はイリアス型批評家[3]か、あるいはオデュッセイア型批評家[4]であるといってもよいであろう。つまり、文学における関心は悲劇、写実主義、アイロニー[5]の領域を中心とするものと、喜劇、ロマンスの領域を中心とするものとに二分される傾向があるからである。

この区分はもっと広義の区分に基づくもので、それは、文学には娯楽と教育という二つの大きな機能があるという伝統的見解のなかに示されている。文学研究のもっとも初歩的な段階では、自分の精神を高め、言葉の運用力を向上させるために読む者と、寝ながら探偵小説を読む者が対比される。もちろん、これは同一人物のなかにも存在する傾向で、たとえばオールダス・ハクスリ[6]の小説のなかには、アダム・スミス[7]の『国富論』を読もうと努力しつつも、ついつい、刺激の強い雑誌に誘惑される女性が登場する。さらに進んだ研究者ならば、文学の目的についても同様の二元論によって考察するかもしれない。現代の優秀かつ賢明なる批評家の多くは、文学を第一義的には教育的なものとして、すなわち、アーノルド[8]が語っているように、人生の批評としてとらえる傾向がある。彼らは、文学の本質的機能は、人生、現実、経験、あるいは、いわゆる文学以外のあらゆる直接的世界について、なにかを啓蒙することだと思っている。こうして彼らは、口に出して言おうと言うまいと、文学は全体的にとらえれば巨大な想像的寓話であり、究極的にはそれを通じて、文学以外の経験の核心を深く理解できると考えるようになる。彼らは悲劇、写実主義、アイロニーなどに惹かれるが、それはこれらの様式のなかにフロイトのいう現実原則がもっとも明確に反映されていると考えているためであろう。彼らは真に迫った性格描写や実際の経験に近い事件などを、想像的に信頼できるものとして評価した。なかでも、主題における「高度な誠実性」を評価したが、現代の批評家は、この言葉をアーノルドより広義に解釈して、アイロニーの機能をも含むものと考えねばならぬであろう。

　私は喜劇やロマンスに惹かれるので、気質的にはオデュッセイア型の批評家だといつも思っている。だが、私は自分が明らかに少数派であることを承知している。このグループは、あまり人目につかず、性格もはっきりしないうえに、暗示的なものであれ明示的なものであれ、とにかく喜劇やロマンスを統一するような理論をもたない。この種の文学研究が、誠実になる、つまり、探偵小説を読むのをやめてベッドから起きてくるような場合に、文学に対していったいなにをもたらすかを語るのはたいへん難しい。最初に、簡単な例として、誰かが探偵小説を読んだときに、そこにどのような批評原理が含まれるかを考えてみよう。探偵小説を読むということは喜劇的、ロマンス的な形態を愛好し、また、当然ながら虚構文学の世界を愛好していることを示している。われわれはまず最初に日常的経験を締め出すか、あるいは慎重に排除することから始めねばならない。というのも、この文学形態においては伝統的に、巧妙な殺人者とか推理力抜群の警官といった、現実の経験ではあまりみられないようなものを容認することが求められるからである。われわれは、本を読んでいてひどく腹でも立てないかぎり、本の内容の真実性や可能性に疑問をもつことはない。ただ物語でつぎになにが起きるのかを知りたいだけである。

　ここで気がつく第一の批評原理は、もっとも明確に定型化された虚構文学がもっとも読みやすいということである。大衆文学は著しく様式化され、人為的なものとなっている。探偵小説、スリラー小説、西部劇、冒険小説、空想科学小説、それにある批評家が「抱擁ねだり」と呼んだ紋切り型の恋愛小説などにおいては、読む前から物語の筋があらかじめ分かっているし、特徴をもった伝統的な登場人物がまさにおあつらえむきの場面に現われて、物語の進展にはずみをつけることも分かっている。また伝統の力による異常なほど力強い展開速度ゆえに、読み続けることがたいへん楽であることにも気づくであろう。こういった物語の多くには、読み終えるまでとうとう本を置けなかった、などという評論家の御墨付きが付いている。似たようなことはポピュラー音楽のコンサートについてもいえる。そこでは主要和音が延々一〇ページも続けられた後に、さらに駄目押しともいえる三ページがつけ加えられるのである。

物語の一般的輪郭や構造があらかじめ分かっているという前提にたてば――これが第二の批評原理であるが――文学的な長所、対話の機知、性格描写のあざやかさといったもののすべてが作者の技術的な手腕ということになる。これらは、伝統という枠のなかで作者がいかに修辞的な技巧を駆使したかを示すものだからである。これを道徳的批評家がみれば、作者は伝統をことさら厳格に適用することによって、みずからを故意に不利な立場においているというであろう。探偵小説を批評的に読めば読むほど、われわれは謎めいた筋を当然のこととして受けとめ、伝統の枠という制約のなかで、作者がどの程度の水準に到達しているかを味わうようになるのである。同様のことは他の、高度に人工的な型をもった文学についてもいえる。十六世紀の抒情詩人の作品を読む場合、彼がなにを言おうとしているかが問題になることはまずないであろう。われわれはその主題を知っているからである。すなわち、詩人はひたすら自分の女主人の冷酷さを嘆くのである。だが、われわれが着目するのは、限定された課題のなかで、彼が修辞的技巧によってどれほどの共鳴を起こせたかという点である。その共鳴によって、われわれはワイアット[9]の「わがもとを去りて」やドレイトン[10]の「何の助けもなきゆえに」と、まったく同じ内容を扱った二流の詩とを区別するのである。あるいは、他の工芸を例にとれば、それによってストラディヴァリウス[11]のヴァイオリンと、同じ形の別のヴァイオリンとを区別するのである。

もちろん、あらゆる芸術は定型化されているが、伝統的形式が非常に明確に表われている場合には、遊びの意識、すなわちゲームのルールを受け入れる意識がもっとも強くなる。探偵小説やその他の大衆小説が「逃避的」な読みものといわれるのは、このゆえである。この種のものが「写実的」な小説に比較して誠実さに欠けるという事実は、これらが表面的に複雑な構成をもっているという事実と深い関係があるが、これは軽快な詩が、リズム構成その他において「写実的」な詩よりも表面的に複雑な構成をもっているのとよく似ている。大衆小説の魅力は、意図的に作り出された素朴さの魅力なのである。そこには、実人生に照らして信頼できるようなことはほとんど書かれていない。まして人間世界の暗い情景のなかに稲妻の閃光を投げかける悲劇や写実主義の作品のような力はありうべくもない。一般の読者とは異なり、批評家はこのような虚構文学に対しては否定的な態度をとるかもしれない。批評家は、探偵小説やこの種のものを読むことを、まるでひそかに酒を飲むような、なにかうしろめたい息抜きと考えるかもしれないし、あるいは、伝統を拒否するかもしれない。一般に、伝統を拒否する者は、伝統を守った作品はすべて同じようにみえるから、などという理由を挙げるものである。そういえば私自身もたしか似たようなことを言った覚えがある。これは学生時代にイタリアを旅行していて、ソドマ[12]か、サソフェラート[13]か、カルロ・ドルチ[14]か、あるいはギド・レニ[15]だったかもしれないが、とにかく実にたいくつな絵を見たときのことであった。ジョット[16]ならおそらくそんなことは言わなかったであろう。ジョットには興味をもっていたからである。もっとも、この話の虚と実は相なかばすることになろう。というのは興味をもっていれば伝統を受け入れ、その枠の内で相違を最大限吟味するからである。

さてシェイクスピア研究においては、このような批評家の態度の違いがどのような差異をもたらすであろうか。悲劇、アイロニー、写実主義に主として関心を示す批評家は、シェイクスピアの時代の喜劇作家のなかでは、ベン・ジョンソン[17]がおそらくもっとも誠実な戯曲家であると考えることであろう。ジョンソン自身もきっとそのように思っていたであろう。彼は自分の印刷された戯曲全集を「作品」と呼んでいた。現代のわれわれには当たり前だが、戯曲家が書くのは劇であり作品ではないと思っていた当時の人びとにとっては、これはちょっとした関心事であった。シェイクスピアの喜劇には、「怪物」が登場したり、「自然をとび出してしまう」傾向があるのとは対照的に、ジョンソンは、誠実な喜劇は人間とその態度を観察すべきだと、飽くことなく主張し続けた。『パルナッソスからの帰還[18]』は、親シェイクスピア、反ジョンソン的傾向から当時の戯曲について論及した劇であるが、そのなかでジョンソンは、「たんなる経験主義者で、そのすべては観察によって得たものであり、ただ自然と自分が書いたものとを密着させただけである」と述べられている。ジョンソンをこのように評するのはばかばかしいかぎりであるが、彼がその時代に対してなにを訴えていたかを示す重要な手掛かりである。ジョンソンの書いた喜劇は、厳密にいえば写実的な劇とはいえないにせよ、かなり首尾一貫した劇的想像性を示している。そこにうかがわれる批評理論によってシェイクスピアを批評すれば、彼は喜劇やロマンスにおいて、いつも決まって信じられないようなものを登場させることによって、自縄自縛に陥った作家である、ということになろう。妖精、魔法の森、一卵性双生児などが登場しない場合には、身代わりの花嫁(19)といった、元をたどれば民話にゆきつくようなものが、筋の主題となっている。『ウィンザーの陽気な女房たち』におけるフォールスタッフいじめにおいてさえ、強い民話的要素がみられる。とはいえ、この劇は、この点さえなければ、もっともジョンソン型の喜劇に近いのではあるが……。

今日、大部分の批評家はシェイクスピアの卓越性を受け入れている。しかしジョンソンの見解はいまだに生きており、たとえばシェイクスピアの偉業の頂点は大悲劇にあり、晩年のロマンスは創作力の枯渇、ないし、安易な商売上の常套手段に堕したことを示すものだという批評はその例である。私自身は、シェイクスピアの最終段階でのロマンスへの転換は、詩人として芸術的極致をきわめたことを示すものだと信じている。当然ながら、これは、ロマンスが悲劇よりも偉大であるという意味ではない。私はシェイクスピアの作品全体をとおしてみると、ロマンスに向かってあきらかに論理的な進展がみられ、結果的には、技法上においても精神上においても、『リア王』から『ペリクリーズ』を経て『あらし』に至る期間が、決して尻すぼみに終わってはいないと言いたいのである。

シェイクスピアがいかなる二分法にも馴染まないのはもちろんのことである。したがって、ここでは彼の本質的誠実性も、また、彼が道徳的批評家の望むすべてを提供しているという事実も問題にしてはいない。しかしながら、喜劇やロマンスには、大衆的で、自己充足的で、しかも高度に様式化された技法上の特徴をもったひとつの方針があったように思われる。厳格な伝統のなかでは、あらゆる作品がすべて一様になってしまうことを指摘する人がいることはすでに述べた。だが、シェイクスピアの喜劇については今まで誰もそれを言いえなかった。それゆえに、シェイクスピアが、同じ手法を反復することによって、劇に類似性を与えたことを指摘することはますます重要なのである。海の嵐、一卵性双生児、少年に変装した女主人公、森への隠遁、謎の父親をもつ女主人公、姿を隠す支配者。この種の主題が頻繁に用いられ、一部の劇——たとえば『十二夜』では——多くのこのような定型がひとつのまとまったグループとして再現されている。シェイクスピアの晩年の四つのロマンスを研究すると、この反復は拡大して少なくとも一部の悲劇をも含むと感じられる。その例として、たとえば、イアーゴの嫉妬は、ヤーキモーの嫉妬に投影されているように思われるのである。[20] [21]

もしわれわれがこの反復を意図的なものとして受け入れるならば、容易につぎのオデュッセイア型の批評原理も受け入れるであろう。喜劇やロマンスにおいては、物語は自然に鏡をかかげるのではなく、独自の目標を追求する。ところが、喜劇やロマンスはあきらかに伝統的な型に従っているために、これらに対する誠実なる興味はそのまま伝統自体に対する興味へと向かうことになる。これによって、興味の中心は個々の文学作品から、喜劇とかロマンスという言葉で包括される大きなグループへと移行し、伝統に対する興味はジャンルに対する興味へと移行するのである。さらに、どのような喜劇やロマンスにも定型化によって生じたモチーフや手法があり、それは他の類似の物語にも共通したものであることが分かる。かくしてジャンルに対する興味は、物[22]

語を構成する技術への興味へと発展することになる。こう考えてゆくと、ロマンスは、劇の構造に対するシェイクスピアの技術的な興味の、着実なる成長の結果といえるかもしれない。シェイクスピアにとってのロマンスは、バッハにとっての『フーガの技法』、『音楽の捧げ物』であった。[23]これは決して杓子定規に堕したのではなく、職人気質のゆきつく当然の帰結なのである。

シェイクスピアのロマンスにみられるこの概念を解明する鍵は、明らかに、「構造」という言葉にある。文学批評では、この言葉はさまざまな用語上の問題を伴っているので、取り上げる場合には慎重さが必要である。芸術においても、詩や音楽は時間のなかで推移するのに対して、建築、絵画、彫刻などは空間に留まる。そして構造という言葉は、実は建築からとった隠喩なのである。それが文学批評に適用されるようになったのは、ひとつには批評自体における奇妙なる現象ゆえである。小説を読んだり、舞台上の劇に耳を傾けているときに、われわれは、時間的動きを追い、心は小説なり劇の一部に没入した状態になっている。これは非批評的な状態でもあるが、もっと正確には批評以前の状態である。というのも、われわれが純粋に批評的判断を下せるのは、小説なり劇がすべて完了した後だからである。すべてが完了すると今までとは異なったものが見えてくる。このときわれわれは作品を同時的な統一体としてとらえるが、それは始め・中・終わりといったものではなく、むしろ中心・急転といったものである。批評はもっぱら、この凍結した、つまり、空間的見方によって文学を扱う。また、純批評と、それに先だつ文学の直接経験、すなわち直接文学作品を味わうこと、とを峻別しておくことは、首尾一貫した批評行為をおこなうための基本である。直接経験と批評とが同列に並びはじめる部分は、少なくとも散文作品においては、確認ないし認識の場として知られている。(24)そこでは、筋におけるなんらかの転機によって物語の直線的な展開が抑えられ、われわれははじめて物語の全容、すなわち、一般的にいうところの主題を知るのである。

批評以前の経験と、経験の後の批評との区別は、あらゆる文学作品に適用できよう。だが、文学作品を読んだり聞いたりして経験する際に、どれほど批評機能が支配されるかは、それぞれの作品によって異なり、この相違から、われわれは本来の区別に戻ってゆくことになる。大衆的な、あるいは定型化の度合が強い喜劇やロマンスにおいては、直接的経験はたんに批評以前のものであるばかりでなく、限りなく非批評的なものになってしまう。悲劇や写実主義に関心をもつ批評家は、文学作品を直接経験している間にも実際の批評行為に近い態度をとる。特に、純粋に写実的な劇は、作者と批評家がともに実人生とみなすものと寓喩的関係をもつように構成されている。ところが、喜劇やロマンスではわれわれは物語に身をゆだね、その伝統を受け入れるが、つぎの段階の、心に残った残像の真実性ないし可能性と伝統との比較の問題になると、ほとんど注意を払わない。だが、写実主義においては、蓋然性ないし可能性に基づく準批評的活動は、直接経験の非常に早期の段階で始まる。

さてここで、自分の都合のいいように他人を操る、いわゆる狂言回し的人物が登場する一連の劇をみてみよう。現実の世界ではわれわれはこのような人物を疑いの目でみるので、たとえば、イプセン[25]の『野鴨』のような写実主義的な劇においては、グレゲルズ・ウェルレ[26]の行為と、この種のものに対するわれわれの日常的態度とを比較してみるのである。そして彼が介入したことによって生じた不幸をみて、文学と人生に対して、自分の考えのほうが正しいとの意を強くする。ベン・ジョンソンの『バーソロミューの市[27]』においては、アダム・オーヴァードゥという名の判事が、彼のいう「極悪非道」な事件に判決を下すために、変装して市へ行く。ここではさらに写実主義から離れ、誰にも見破られない変装という人為的な伝統が受け入れられるが、われわれの人生に対する習慣的な態度は依然として生きており、ある程度の批評的機能はそれに附随する形で残っている。われわれは盗み聞きという手段を決してきれいなやり方とは認めないであろう。オーヴァードゥがつぎつぎと失敗を重ね、自分の仕組んだ正体暴露の場面でもみじめな失態を演じると、われわれは演劇的な満足感をうるが、これは劇的行為と日常生活における見解が一致するためである。

さて、これらの劇を念頭において『尺には尺を』を考察してみよう。この劇は「問題劇」といわれ、比較的に写実主義的であり、治政のあり方について幾分寓喩的でもある。バーナード・ショー[28]は、この作品はシェイクスピアが十七世紀ばかりでなく二十世紀にも密着していることを示すものだといった。この発言を敷延すれば、われわれは作品を味わいつつ、作品とわれわれが習慣的に受け入れている人間の行動とを比較して、この作品を非批評的ではなく準批評的に読むべきだ、ということになるであろう。一幕ないし二幕が過ぎると、ルーシオ[29]は例外としても、登場人物はみな精神異常であるという確信が固まるであろう。しかも、劇の中心には、盗み聞きをしながら人びとを操る公爵がいる[30]のである。いったい公爵をどのように理解すればいいのであろうか。公爵は姿を隠すが、これは公爵代理のアンジェロ[31]に、性道徳の乱れに対して法律を厳格に適用させるためである。この法律は、あきらかに、公爵が関心をもっている唯一の法律であるが、しかし公爵はそれを自分で執行することを恐れているふしがある。つぎに公爵は、修道士に変装して戻り、アンジェロの最初の犠牲者クローディオ[32]に、諦めて刑の執行を受けるようにと説得する。アンジェロがイザベラ[33]を誘惑すると、公爵はイザベラに、その計画に乗ったふりをして彼女の代りにアンジェロと婚約したことのある別の女性を身代りに立てるという案を示す。この劇には罪についての言及が所々にみられるにもかかわらず、このトリックに関しては罪の影さえないと、ものものしい雰囲気のなかで告げられる。しかも、イザベラに対しては、兄は結局処刑されてしまったという残酷な嘘までつかれるのである。最後に公爵が変装を解いて戻り、ひとりひとりの神経を忍耐の極限まで張りつめさせておいてから、全員が満足するような赦免の大盤振舞がなされる。

さて批評家たちの意見はどうであろう。有力な何人かは公爵を神の摂理の化身とみなしている。たしかに公爵は明るい見通しについて事前にしゃべりすぎるという点さえ除けば、彼の意思は最初から最後まで最善を目指すなど、一般的に考えられている神の観念と類似している。だが私は、これが『尺には尺を』の妥当な解釈であると言うつもりはない。もし「問題劇[34]」という言葉を、もともとイプセンが用いたような意味に解釈すれば、このようなとっぴで訳の分からないことになってしまうと言いたいだけである。『尺には尺を』は、どのように解釈しようとも、写実主義の見地から社会的に重大な問題を扱おうとしたものとはいえない。この作品は、ヨハン・シュトラウス[35]のオペラよりもっと騒然とした幻想曲であり、また、現実のウィーンともまったくかけ離れたものである。ついでに、トーマス・ライマー[36]が発見し、その後他の批評家が折にふれて指摘した事実にも目を向けるならば、そこからわれわれは、シェイクスピアの劇は伝統を拒否した場合、いとも簡単に滑稽なものに堕してしまうということを知るであろう。

劇が写実的になればなるほど、実際の批評は、ますます劇の直接経験に近づくのである。シェイクスピアにおいては、劇を直接経験している——つまり劇を見ている——間は、批評的機能は最低になる。ジョンソンにおいても、またあきらかにイプセンにおいても、観客は一定の範囲内で劇的世界を受け入れるという前提がある。その範囲の広さがどのくらいであるかについては新たな議論を待つとしても、この前提があるのは確かである。自然に倣うとか、登場人物は気質[37]をもつとか、三一致[38]の法則を守るといった、ジョンソンの理論の下にこの前提があるのである。ところが、シェイクスピアはまったくこの前提をもたなかった。シェイクスピアは観客に劇の幻想の世界を受け入れてくれと乞うたのではなく、話を聞いて欲しいと乞うたのである。物語のなかで語られることはすべて等しい権威を与えられているのである。シェイクスピアの蓋然性の難しさを論じるさい、エリザベス朝の観客は往々にして、一種の検閲原理のごときものとして示される。『尺には尺を』のイザベラの行動について、エリザベス朝の観客と今日の問題劇を期待している観客とでは、まったく別の考え方をするであろう。しかしながら、シェイクスピアを観劇する者は、それが現代人であろうとエリザベス朝人であろうと、考えることをまったく許されていないのではあるまいか。観客は好きか嫌いかの決定はできても、劇が上演されている間は事件の蓋然性、ないし、その日常的人生観との整合性について疑問を差しはさむ権利を与えられていないのではあるまいか。この型の劇については、ピール(39)の『老妻物語』のなかできっぱりと宣言されている。そこでは、マッジ婆さんが、若い二人の給仕のフロリックとファンタスティックに、つぎのように語り始める。

マッジ　むかしむかし、あるところにひとりの王様だったか、殿様だったか、公爵だったか、とにかくそこに美しい娘がおったのじゃ。その美しさといったら見たこともないほどで、たとえて言えば雪のように白く、血のように赤かったのじゃ。ところが、あるとき、この娘がさらわれてしまった。家来たちは全員娘を探しにやられ、あんまり遠くまで出かけたものだから、とうとう領内には家来がひとりもいなくなってしまった。
フロリック　それじゃあ、一体誰が御前の御膳のしたくをするんだい。
テイルマッジ　やかましい、私の話をお聞きったら！　それとも私の尻《テイル》にキスでもするかい！
ファンタスティック　よくぞ言った！　婆さん、あんたの話《テイル》にキスだ。

つぎに、シェイクスピアの喜劇における性格描写の迫真性について論じた批評といえども、もしそれが枠組みを守っていなければ、均衡を欠いたものになることを述べておきたい。その枠組みとは、前にも述べたように、探偵小説にみられる登場人物の枠組みと同様のものである。そこでは現実に存在しそうな著しく個性的な人物が登場するかもしれないが、そのような人物を登場させる技術のかげに卓越した手腕があることを見落してはならない。シェイクスピアの技巧は、たとえば、チェーホフ(40)とは正反対である。チェーホフにおいては、劇の展開が登場人物の理性的な行動によって支配されるという意味で、登場人物は筋に優先する。ところがシェイクスピアの語る物語では、登場人物は型にはめられ、まったく理にかなわない行動を強いられる。これはシェイクスピアの悲劇よりも喜劇において顕著であるが——ヴェニスのムーア人、オセロー(41)は人間的であり、ヴェニスのユダヤ人、シャイロック(42)は昔話的であるという事実と、前者は悲劇であり後者が喜劇であるという事実は重大な関係がある——しかし、これはシェイクスピアの作品全体についても当てはまるのである。

『十人十色』(43)でベン・ジョンソンは新しい型の喜劇を始めたが、これはイプセンとチェーホフ(イプセンは少なくとも中年期すなわち彼が「問題劇」を書いていた頃)によって引き継がれた。シェイクスピアとジョンソンの比較は、すでに言い古された課題であるが、多くの言い古された課題と同じく、研究し尽くされた課題ではない。十七世紀の劇で当時の観客にまったく不評だったひとつの作品がある。これはジョンソンの『新し亭』(44)のことであるが、なぜこの作品が受けなかったことがわかるかといえば、それは彼自身が失敗を大いに吹聴しているからである。あるとき、ジョンソンは詩を書いたが、そのなかで観客が自分の作品には目もくれず「『ペリクリーズ』のような古くさい話を好む」と観客を罵倒している。ここに現われた批評上の問題点は、吟味するに値するであろう。『新し亭』はジョンソンの一流作品ではないが、『ペリクリーズ』もシェイクスピアの一流作品ではない。にもかかわらず、『ペリクリーズ』のほうは、当時すでに人気を博していたばかりでなく、今日においても再演されて好評を博している。私は、まともな劇団なら決して『新し亭』を再演することはないと思っているが、しかし、この点に関しては私が間違いであって欲しいと思っている。ジョンソンは自分の批評原理をまったく信じて疑わなかったので、正直なところ、観客がなぜ『ペリクリーズ』のほうを好んだのかを理解できなかった。これを説明するために、シェイクスピアの技巧の理論的根拠を考察してみよう。

　ジョンソンが、この部分と、次の劇『磁石婦人』[45]の幕間劇のなかで、いかにしたらジョンソンを好きになれるかのこつを、われわれに教えようとしているのはいかにもほほえましい。彼はこの劇を構成している特殊な技法に、われわれの注意を引きつけようとしているのだ。前提部分は第一幕で論理的にしかも明確に展開されているか？　それを受けた展開部は同じように論理的で明確か？　第四幕は大団円にむけての最高潮ないし巧みに変装した確認の場となり、そこでの確認が偽の端緒となっているか？　第五幕はあざやかな解決の大団円となり、そこですべてが判明するようになっているか？　しかし残念ながら、劇を舞台で動かしているのはこの種の技法ではなく、リズムと調子なのである。そしてリズムと調子が、ジョンソンの時代でいう機智を生みだし、この意味での機智によってのみ、役者が夢中になって打ちこめるような役が生まれるのである。ジョンソンの晩年の劇は、ドライデン[46]の作品中のある人物が言うような耄碌などではなく、劇そのものというよりは劇の機械的モデルなのだ。そこには、『錬金術師』[47]を世界的な上演品目としている活力と精力を除けば、ありとあらゆる演劇的美点がそなわっているのである。

筋が複雑すぎて容易に分からないようでは劇は失敗作であろう。コングリーヴ[48]の『浮世の習い』が初めて公開されたときは、筋が複雑すぎて失敗であった。おそらく『新し亭』も、同じ理由で不評だったのであろう。『新し亭』においては、レディ・フランプル、つまりフランシスが、グッドストックという名の主人が経営する旅館にやってくる。グッドストックは一人息子のフランクとそこに住んでいるが、フランクは年老いた片目のアイルランド人の女乞食の乳母に育てられている。主人は実はフランプル卿で、フランシスの父だと判明する。一方、フランクは婦人たちの悪ふざけで女装させられるが、これが本物の女の子顔負けの似合いぶりである。それもそのはずで、フランクは本当は女であり、フランプル卿の次女レティシアだったからである。年老いた乳母は実はフランプル卿夫人、つまりフランプル卿の別れた妻で、フランシスとレティシアの母だったのである。素姓が知れると、彼女は閉ざされていたもう一方の目を開ける。これは背景となる物語展開にすぎない。事件の謎解きは劇が始まる以前に行なわれていると考えられる。これに加えて、いつもの並はずれた、しかも複雑きわまるジョンソン喜劇の紛糾があり、こちらが物語展開の前景となっているのである。観客はこのすべてを理解することを求められて、きっと腹を立てたことであろう。

文学にせよ音楽にせよ、とにかく動きに依存する芸術においては、構成上の技術は二義的な要素である。そして真の技術は、いかにしてそれを二義的なものにするかを知ることにある。バッハの『フーガの技法』、『音楽の捧げ物』についてはすでに触れたが、これらを研究すれば、このような技術こそ最高芸術の特質であるという原理をわれわれは喜んで受け入れるであろう。というのも、これらが第一級の音楽であることは誰もが知っているからである。一方、ライモンディ[49]という作曲家は、一八五二年に三つの聖譚曲を作曲し、それを三夜に分けて演奏した。つぎに彼は、この三曲を、対位法によって対位させつつ、同時に演奏してみせた。ところが、観客の喝采があまりにすごかったので、ライモンディは卒倒し、一年もたたぬうちに死んでしまった。そして、彼の並はずれた功績も彼とともに消えてしまったようである。ここでさらに思い出されるのは、ジョン・ミルトン[50]の父が作曲した――とエドワード・フィリプス[51]がいう――四〇の声部から成る経文歌[52]である。この曲はポーランドの公爵に献呈され、公爵は当時としては破格の、金の鎖をミルトンの父親に与えてこれを称賛したといわれる。

さて、われわれの当面の問題は、ジョンソン自身によって提起された『新し亭』と『ペリクリーズ』の比較の問題であるが、誰も『ペリクリーズ』が複雑すぎるという理由でこれを非難することはなかった。私はさきほど、四つのロマンスはシェイクスピアの作劇における技術的関心の頂点を示すものだと述べた。だが、そのなかのひとつ『シンベリン』は、『新し亭』が当時の観客にこうむったのと同じくらいあからさまな不評を、批評家たちからあびせられている。サミュエル・ジョンソン(53)が『シンベリン』を軽蔑した話(54)はよく知られているし、別の批評家は、最後の壮大華麗なストレット(55)(ここには二四もの違った筋のモチーフが数えられる)を、みじめでしまりのない引き延ばしと評している。『シンベリン』は今も昔も人気があり、たびたび上演されてきたとは決していえないにせよ、ひとつだけ『新し亭』より優れている点がある。『新し亭』では物語展開があまりにも複雑に操作されて、かえってジョンソン一流の劇的な幻想の世界が損われてしまった。多くの善良なファンと同じくわれわれも、この喜劇を、自然と風俗の純粋なる反映として、「まじめに」見るように期待されている。ところが、この劇は複雑すぎて、とてもまじめには見られないのである。これに対して『シンベリン』は、非常に民話に近いために、少なくとも、複雑な物語操作が演劇的な規範を乱すことはない。劇自体の想像的な枠組みを犯すことはないのである。

一定の題材を表現した絵を鑑賞するということは、画家が描いた形と、その対象について自分が記憶している形とを比較することであり、同時に、その対象の心像を画家がどのように表現しているか、その技術を味わうことである。写実主義の絵は、外部の世界を外面的に描いたものであるために、いかに似せるか、いかに一致させるかが目的のひとつに数えられる。しかし、同じ絵画でも、特に近代絵画においては、この写実主義的伝統から意図的に離れ、主題をひねり、様式化しようとするものもある。これは、関心がより純粋に自己充足的な絵画的価値に向いていることを示すものである。考えてみれば、近代絵画ではこれが常識であるのに、文学批評ではこれがほとんど許されないのは奇妙なことである。

他のあらゆる劇作家と同じく、シェイクスピアは物語を語り、その物語としての妥当性をわれわれに訴える。また、他の劇作家と同じく、その訴えかたは純粋に修辞的なもので、論理的なものではない。ところがシェイクスピアは、他の作家とは違って、とても信じられないような筋を選んだ。シェイクスピアの喜劇には、どれも現実にはとてもありえないような要素が取り入れられており、この要素が、われわれが受け入れねばならぬ伝統を形成しているのである。そしてこの伝統は、修辞上の失敗によって観客の共感を得られない場合でも、重要な支柱としてそこに残るのである。かつて、ひとりの医者が私に『十二夜』の上演はとても楽しめたものではないと言った。生物学的には、男と女の双生児がうり二つにはなりえない、というのがその理由であった。シェイクスピアの答えは、きっと、トーマス・ブラウン卿[56]が宗教について言ったつぎの言葉を劇にあてはめたものになるであろう。「私には、積極的な信仰には不可能などありえないと思われるのです」[57]。実際のところ、これは『冬物語』において、シェイクスピアのなかでも並はずれて非現実的な場面が最高潮に達したときの、ポーリーナのせりふ「それにはまず、お胸のうちに信仰を目覚めさせていただかねばなりません」[58]とほとんど同じである。ここで、イモジェンが変装したときの男性名フィデーリ[59]の意味を思い出してもよいであろう。もちろん、ここでいわれている信仰は想像的信仰と呼ぶべきものであるが、それがいかに積極的であろうとも不信の暫定的停止[60]などよりは、こちらの方がはるかに明確なものである。

シェイクスピアは意図的に信じられないような喜劇的な筋を選んだと主張しても、これは意図的な誤謬[61]ではない。しかし、シェイクスピアがそのような筋を選択したことに勝手な理由をつけることは誤謬かもしれない。たとえば、素晴らしい技術を誇示したいというシェイクスピアの欲望ゆえに筋は観客がとても納得できないほど難解なものとなってしまった、とわれわれが想像するとすれば、これはあきらかに誤りである。しかし、つぎに、観客を納得させられなかったという事実が、ときには、筋における重要な特徴を示しているのではないか、という点に気づくであろう。イアーゴがオセローを誘惑する場面では文学においてもっとも偉大なる修辞的技巧が用いられているために、じつにいきいきとわれわれに迫ってくる。しかしながら、舞台を見れば誰でも気づくように、オセローに対する誘惑には、——それが紛れもなく劇的効果の一部になっているとはいえ——依然として不可解な部分が残されている。このように、古い独断的な伝統を用いることによって観客の共感を失う例は、喜劇には往々にしてみられることである。『空騒ぎ』のヒアロー[62]に対する中傷もひとつの例である。登場人物は全員大団円の場に召集され、そこで物語の謎がすべて説明されるだろうと語られはするが、観客はまったく真相を知らされることなく放置されるのはたしかに奇妙なことである。しかし、この問題についてはつぎのように説明できよう。つまり、登場人物がそこに集まるのは、われわれ観客をこれと類似した日常的経験から引き離し、不自然ではあるが首尾一貫した自己充足的な劇の世界に引き入れるという特別な機能を果たすためなのである。

文学を様式化するために、通常の経験を意図的に歪曲することもシェイクスピアの特徴のひとつである。身近な例として時代錯誤の使用をあげることができる。『ジョン王』の物語は、以下のわずか数行の王のせりふを軸に展開している。

おまえはフランス王の目を射る稲妻の役目をはたすのだな。
というのは、おまえが報告し終わらぬうちに、私は
その場に到着し、大砲の雷鳴をとどろかせるであろうから。(63)

ジョン王の時代に大砲がなかったのはもちろんのことである。われわれは習慣的に、観客はそんなことに気づかないだろう、というかもしれない。だが観客は意外にこういうことには敏感なのである。あるいは、シェイクスピアは急いでいたのだとか、彼は一行も書き直したことはないという自分の記録を破りたくなかったのだ、というかもしれない。シェイクスピアはせっかちでぞんざいな作家であったという仮説が、しばしば、せっかちでぞんざいな批評家によって立てられているが、その妥当性はいまだに立証されてはいない。シェイクスピアはもっと重大なことを念頭においていたのだ、とこういえば真実にもっと近づくであろう。事実、雷雨の素晴らしいイ

メージのほうが、火薬が紹介された正確な日付よりもはるかに重要なのだ。しかし、このような時代錯誤は、明らかに、また機能からいっても、特定の事件ではなく典型的な事件を提示して、ある歴史的な時代を普遍化するために役立っていると考えたほうがいいであろう。過去は現在と融合しており、事件も観客も同じ世界でつながっているのである。

ついでながら、この種の時代錯誤は動かしがたい証拠書類というよりは、アリストテレスの『詩学』の法則といわれるものに近い。シーザーは時計に言及し、ユリシーズはアリストテレスを引用するが、それは、シーザーにファシストの制服を着せたり、コリオレイナスをピストルで撃つなど、近代的演出において不細工にやっていることをもっとみごとにやっているにすぎない。『シンベリン』ではローマ帝国が、明らかにルネサンス期のイタリアと同時代のものとして扱われている。時代錯誤がはなはだしいために、われわれはシェイクスピアの精神状態についてなんの知識もないにもかかわらず、詩人自身もおそらく時代錯誤に陥っていたのだろうと考えてしまう。『シンベリン』においても、オーデンの『いましばらくは』でシーザーが近代的な医術や信用経済の発明者という設定になっているように、時代錯誤が普遍化する機能をもっているかどうかをみることは有益であろう。(64)(65)

文学を主として印刷された書物という見地からとらえるならば、戯曲はせいぜい詩人から観客に言葉を伝達する暫定的な方法にしかならないだろう。われわれが本当に劇を知りたいと思えば劇を読まねばならない。一方劇作家は、なにか失敗したような場合には、劇場の観客は控訴裁判所の傍聴人のように高尚ではなく、テクストを読むことができるほど個性的ではないと感じるのである。これはジョンソンの見解である。彼の失敗に対する反応はシェリダンの『批評家』[66]に登場する作家の反応と同じである。「ようし、一字一句印刷してやるからな」。そして鑑賞力のある聴衆にとってさえも、印刷されたテクストこそ最大の報償であるというのが彼の考えであった。テクスト、特に悲劇や仮面劇につけた彼の注釈に、人びとはジョンソンの学識の一端をみるが、それは英文学史上いかなる大詩人ももたなかった純粋な創造的特性を示したものである。

一部の読者は活字の正確さに大いに感銘をうけ、一度読むことを知れば、劇場に行くことはあまり意味がないと思っているようである。さいわいなことに、大部分の理性的な人びとは劇場における経験にかけがえのない価値があることを理解している。シェイクスピアおよび彼と同時代の多くの作家のおどろくべき、しかも、永遠に不可解な特徴として、舞台の上の進行過程に夢中になるあまり、それ以外のこと、たとえば二折判をみずから監修したり校正すれば自分の名声がどれほど高まるかといったことに、まったく無関心なことがあげられる。シェイクスピアはわれわれを口述の伝統に近づけてくれる。そこでは、改訂版はつぎつぎと万華鏡のごとくに変化し、主題やモチーフもあちこちに飛び、改竄は大目にみられ、印刷された定本の理想など目もくれられない。ときには、劇全体がシェイクスピアの改竄版ないし、誰か他人の作品だと疑われるような場合すらある。

シェイクスピアに関するこのような事実はよく知られているが、しかし、それが彼の最大の特質とどれほど密接な関係をもっているかとなると必ずしも理解されているとはいえない。われわれはシェイクスピアが学者詩人であるとはめったに考えない。というのも、学問と口述の伝統という概念とを関連づけることが難しいからである。才気煥発だが無学なシェイクスピアと、鈍重だが博学のジョンソンの対照が数多くの下手な冗談のタネとなった十七世紀以来、一般的傾向として、ジョンソンにあってシェイクスピアにないものが学問であると考えられるようになってしまった。ジョンソンは豊富な脚注をつけた本を出版しているというのがその理由であるが、この見解は一方的である。というのも、これは視覚的学問の証拠にすぎないからである。バッハと同じく、シェイクスピアは耳の学者であった。彼は可能なかぎり英語で書かれた粉本を用いたようであるが、これは外国語が読めなかったためではなく、言葉づかいを絶えず耳で聞くためだったのである。言葉づかいに対するシェイクスピアの耳はとほうもなく鋭敏で、『リア王』のちょっとした粉本として、『為政者の鏡』(67)を用いたときに、学者たちは彼が二つの版を参考にしたと明言できるほどであった。こういった学識はある意味でジョンソンの学識と同じくらい立派なものである。それは、ロウズが『ザナドゥへの道』(68)で明らかにしたようなコウルリッジの学識が、コウルリッジ自身が評論などの散文のなかでいつも示しているような学識に劣らず立派なものであるのと同じことなのだ。

私がこのように述べたのは『シンベリン』の筋の複雑さが、少なくとも、この作品の前提、すなわち民話の筋に基づいたロマンティックな悲喜劇であるという前提を犯すものではないことを言いたかったためである。とはいえ、依然として問題は残るであろう。めったに上演されないとはいえ、その舞台を見て容易に気づくのは、この作品が非常に深刻な劇であることである。それに複雑な筋は、三音節の脚韻のように本来的におかしい。しかしながら、それがモーツァルトの歌劇の舞台にみられるように附随的になるともっとおかしい。たとえばモーツァルトの『フィガロの結婚』では、退屈な叙唱の早口のせりふのなかに複雑きわまる筋が旋回しながら踊り回っているのである。歌劇の筋は劇の筋ほどには制約を受けないことが多い。というのは歌劇の推進力は音楽によって与えられるからである。たしかに『フィガロの結婚』においては、あらゆる難問が順調に解決して、われわれは快適な気分を味わう。だがその一方では「なんということの気持」や「いずこへ」など、もっと重要な課題がつぎつぎと現われ、主たる関心はそちらに奪われることも忘れてはならない。かなり前のことだが、私はたまたま周時代の中国喜劇の上演途中に飛びこんだ。そして中国人の女性通訳の助けを借りて、物語の成行を理解しようとした。舞台には五、六人の登場人物がいて、全員が他の人物に変装していた。しかしこのような劇では、まず第一に、複雑な筋が解決するまでに五、六時間を要し、第二に、聴衆に対する効果は純粋に言葉によってではなくオペラ的な要素によって与えられるのが普通である。そこではオーケストラが、退場、入場、せりふの抑揚など、動作や演技の詳細にわたってことごとく感情的な刺激を与えるために、リズムが筋を支配している。おそらく、このようなオペラへの言及が当面の問題を解決する糸口になるであろう。

ジョンソンの劇で現在でも舞台にかかるものはごく一部で、劇の構造に関するかぎりその完璧さを激賞されている『沈黙の女』(69)さえ、今日では上演されることは稀である。にもかかわらず、近代イギリス喜劇の伝統の確立は、ジョンソンの労によるものであり、シェイクスピアによるものではない。ジョンソン以来イギリスの主要な喜劇作者はすべて写実的な劇的世界をもった風俗喜劇のほうに親しみ、ロマンティックで様式化したシェイクスピアに対してはあまり関心をよせていない。コングリーヴ、ゴールドスミス、(70)シェリダン、ワイルド、(71)ショー、シング、(72)オ・ケイシー(73)などほとんどの喜劇作家がアイルランド人であるために、彼らは妖精の世界に対してなにか憑かれたようなケルト的共感を抱いているのだろうと想像する人がいるかもしれない。だが実際は、イェイツ(74)(彼はシェイクスピアにもあまり近くはない)を除けば、イギリスの、ないしイギリス・アイルランドの戯曲の伝統は明らかに民話的要素を欠いている。シェイクスピア的な幻想の主たる伝統は、舞台から離れて叙情詩に受け継がれることになったが、これは素朴な自然詩を心のままに歌いあげてきた詩人にとっては、思いもよらない学問的運命といえよう。すでに述べたように、十九世紀には、いわゆる問題劇と戯曲に対するより現実的な仮説とを結びつけようとする試みがなされたものの、他の喜劇は依然として扱いかねるものとされていた。ショーは、多くの喜劇、たとえば『お気に召すまま』とか『空騒ぎ』のような、題名からしてもそれとわかるものは、明らかに金目当に書かれたもので、シェイクスピアが文化的既得権でもないかぎり、とても観客の興味をつなぎうる代物ではないと結論せざるをえなかった。シェイクスピア的なロマンス喜劇の伝統が生き残って舞台で成功している唯一の場所はオペラである。モーツァルト、ヴェルディ(75)、サリヴァン(76)のオペラに関する限り、双生児や行方不明の相続人、ほれ薬、おとぎ話も大目に見ることができる。体重が二〇〇ポンドを越えるならともかく、そこでは妖精の女王が喜んで受け入れられるであろう。近代の作品のなかから『十二夜』や『あらし』にもっともよく似た例を探すとすれば、『フィガロの結婚』と『魔笛』がまず第一に思い出されるであろう。

シェイクスピアの喜劇のオペラ的特徴は、シェイクスピアが舞台における進行過程に集中したことから生まれた必然的結果なのである。そこでは主題のイメージや言葉が、共鳴し、呼びかけ、応答しあって、作品を読む誰にもたゆまざる魅力を与えてくれるのである。このような反復はそれ自体なにか神託的機能をもつように思われる。つまり適切な反復によって、神秘的でしかも深遠なる思考過程を解く鍵が与えられるように思われるのである。もちろん、上演に際しては、この種の反復がもつ機能は、音楽において類似の反復する型がもたらす機能と同じである。音楽に関していえば、コンサートホールでは当然であるが、劇場においてはめったにみられない、あの公演中の静粛さのなかに身をおいても、あらゆる反復を意識的に知覚するためには超人的な集中力を要するであろう。だが、一般的には、再び音楽においてだが、非常に多くの反復があるために、ぼんやりとして集中力を欠いた人でも、そこに必ずなんらかの構想を感じるものである。たとえば『ヴェニスの商人』の法廷の場面でまず最初に気づくのは、事件の連続が一般に考えられているような順に起きるのではなく、劇の緊張の度合の順に起きることである(ポーシャの「たとえほんのわずかでも」[77]という言葉などずっと前にあってもいいはずである)。つぎに「慈悲」、「判決」、「意志」、「証文」といった主題的用語が絶えず反復されていることに気づく。最後に、この場面の冒頭で、バサーニオがアントーニオにつぎのように述べるときに、最後の結末が、主題としてあらかじめ示されていることに気づくのである

あのユダヤ人におれの肉や血や骨をくれてやっても、
おれのためにきみの血は一滴も流させないからな。[78]

アントーニオが、バサーニオに向かって「君の奥さんに判断してもらってくれ」[79]と言うときに裏に隠された諷刺や、肉一ポンドを計るのに裁判官の天秤[80]を演技のなかに持ち込むといった象徴的な対位法など、この種の特徴もまた主題を表現する工夫である。

反復法の対極にあるのは、新しい物語や雰囲気の突然の展開である。たとえば『冬物語』においては始めになんの前触れもなく突然レオンテスの嫉妬が爆発するし、『尺には尺を』において、最初の二幕の間半分眠っていたようなイザベラが、牢獄の場面ではクローディオに向かって突然火のような非難を浴びせる。本を読む場合にわれわれは、立ち止まって動機を振り返ったり、少なくとも、以前の事件とのなんらかの論理的関連を振り返ってみる傾向がある。ところが戯曲においては、そこに関連があることは認めるものの、それは新しい主題、つまり第二主題として音

楽的に提示されるために、われわれの耳はなんの説明がなくてもこれを受け入れるのである。シェイクスピアのロマンスにおいては、事件を活発なテンポで展開させるために、ダンスも重要な機能を果たしている。『冬物語』と『あらし』は相互に密接な関係をもつが、その第四幕では、たいへん象徴的なクライマックスの場面が、ともにダンスによって強調されている。ジョンソンは「ジグ踊りに血道を上げる」といって、ロマンス劇でダンスを利用することに特に反対であった。しかしわれわれにとっては、それはたんに、ロマンス劇におけるオペラ指向がバレエに拡大しただけのことである。

ジョンソン劇の複雑さは、それ自体が目的の一部である。観客はまず外見上の仮の姿を見せられるが、それは物語を統一化する力によって次第に逆転されて、ついに実体が明確に姿を現わす。シェイクスピアの劇の複雑さは、対位法で作曲された音楽のように、同時に複数の筋がともに最後まで一貫性を保ちつつ進行し、さまざまなイメージが反復し、変化して複雑な模様を織り上げる。『十人十色』が世に出る前、エリザベス朝の戯曲の大部分は、物語の中心線にそって場面が順番に出てくる簡明な整列構造を好む傾向があった。(81)この整列的筋運びは、初期のシェイクスピアの関心の的であった歴史劇に顕著であるが、マーローの作品、特に『タンバレン大王』にも見られる。この形は舞台では容易に追うことができるが、後になって詳細を思い出そうとすると難しい。以上に述べたことから、シェイクスピアがこの整列的な形に決して関心を失うはずがないことは容易に想像できるであろう。この形は、初期の『ヘンリー六世』シリーズと同様に、後期の『ヘンリー八世』にも顕著に見られる。『ペリクリーズ』は整列的な展開を示す物語のなかではもっとも過激な実験である。物語展開は意図的に直線的であり、ある場所からつぎの場所、あるエピソードからつぎのエピソードへとつぎつぎと進んでゆく。背景には、ガウワーの物語[82]があって、絶えず「そしてそれから」という間を入れる。ときおり物語の一部が著しい展開を示してわれわれは物語のなかに引き入れられる。背景の装置は『ヘンリー五世』のプロローグを改善したものであることは明白である。

と同時に、『ペリクリーズ』はその物語展開の仕方から、世界で最初のオペラのひとつとなっている。仮面劇の発達ということを念頭におかなければ、トランペットによる入場、退場、ファンファーレ、あるいはヴィオール、オーボエによる「ムード・ミュージック」、劇中にいたるところで歌われる歌など、エリザベス朝の大衆劇場がいかにオペラ的であったかは忘れられがちである。だが、音楽的背景に関心をもち、テクストに詳細な記入を残しているような劇作品を研究すると改めてこれを思い出す。ジョン・マーストン[83]はこの種の劇作家である。『ペリクリーズ』よりおそらく早く書かれた『女性の鑑・ソフォニスバの悲劇』(一六〇六)のある場面には、「オルガン、ヴィオール、歌をこの場面で使う」、「地獄の音楽は穏やかに演奏」、「ヴィオールは最高音部で、リュートは低く、天蓋のなかで穏やかに演奏」、「穏やかに音楽に合わせた短い歌を舞台の奥で」などと書かれている。『ペリクリーズ』においては、ガウワーが叙唱のように絶えず物語を説明し、一方、主筋においては、中心となる挿話が劇的に生き生きと展開されてゆく。イメージという点では、音楽が事実上劇の主役であり、『あらし』においてプロスペローの魔法が物語展開に対して示す役割を、『ペリクリーズ』においては音楽が果たしている。

『ペリクリーズ』の構造は、物語を語る叙唱や戯曲化された詠唱によってオペラの先鞭となっているが、同じく、ある種の近代詩の先鞭ともなっている。そこでは、エリオットの『荒地』[84]のように、物語の結合組織は除去され、重要な場面だけが示されている。エリオットが『ペリクリーズ』に負うところがあることは、『マリーナ』[85]のなかに、一部書かれている。またエリオットの読者たちは、彼がしばしば口にする理想的な戯曲形態は、保守的な舞台劇よりも、むしろ『荒地』のほうによく表現されていると感じているが、実際に『荒地』はたんにその分裂的構成のみならず、フェニキア人の水夫、実らぬ恋の象徴や意図的な擬古典調などの点で『ペリクリーズ』によく似ている。ヴァレリー[86]は、詩のなかでは言いたいことのすべてを上手に表現するのは不可能に近い、と述べている。この言葉はこじつけ、いや逆説にさえ聞こえるが、これは素朴で大衆的な詩に一般的にあてはまる原理を表わしている。たとえば『サー・パトリック・スペンス』[87]では、言わねばならないことは難破であるが、詩人はそれには一言も触れていない。ところが、難破の感情的影響を伝える劇的な経験、すなわち、帰らぬ夫を空しく待ち続ける未亡人の長い苦悩には二連をついやしている。同じような物語の構造的転位は、『ペリクリーズ』の構成上の特徴でもある。

最後に、『ペリクリーズ』においては、紋章やモットーを掲げた騎士の行列のような視覚的常套手段に加えて、黙劇が重要な場面を占めていることに注目してみたい。これによって『ペリクリーズ』[88]はオペラ的であると同時に、スペクタクル的な作品となっているのである。イニゴー・ジョーンズの示した演劇における天才ぶりは、ジョンソンの喜劇――ここではジョンソンの仮面劇といってもさしつかえないかもしれない――よりもシェイクスピアのロマンスにおいて、いっそうみごとに発揮されるであろう。音楽やフレスコ画と同じく、戯曲は公開の芸術であり、観衆の前で全員が上演するものである。晩年のロマンス劇、とりわけ『ペリクリーズ』は、三つの主要芸術、すなわちアリストテレスのいう音楽、文学、絵画の統一によって劇を超えた劇となったものである。それは、人間社会がその姿を芸術として現わそうとするときに、究極的にゆきつくところのものかもしれない。われわれは物語展開のまっただ中に身をおくが、そこは精神的にはシェイクスピアの喜劇にこの上なく近いイタリアの即興仮面劇と同じで、あらゆることがごく自然に即興的に行なわれる。これが可能なのは全体を統一する伝統があらかじめ確立されているからである。

ジョンソンは、プロローグで、何度か観客に向かって、自分の劇には風変りな舞台効果や登場人物といった趣好がないことを詫びているが、こうしたなかで明らかにシェイクスピアに言及して、シェイクスピアは大いに人びとを楽しませはするが多少一貫性に欠ける劇作家であると述べている。これとは対照的に、シェイクスピアは、『ヘンリー五世』のプロローグで、観客に向かって、もっと壮観な活劇が見せられないことを詫びている。たしかにジョンソンの劇には、無茶苦茶な事件や性格描写がある。だが、スペクタクル的要素を意図的に取除いて、控え目な表現による演出を試みた彼は、確かになにかを目指しているのである。判じ物のように複雑な『新しき亭』は、われわれの目を劇の経験ではなく、劇の構造のほうに導く。そしてこの傾向の究極は抽象的観念という形になる。シェイクスピアと同じく、ジョンソンも最終的な局面に向かうが、そこでは戯曲的構造に対する技術的、学究的関心が重要な役割を果たしている。しかし、ジョンソンの論理的発展の帰結は仮面劇であった。仮面劇は、戯曲の経験ではなく、この経験の象徴を伝達する抽象的な戯曲構造体なのである。この戯曲の抽象性を強調して極端な結論にまで至れば、究極的にはベケットの『ゴドーを待ちながら』[89]とか『勝負の終わり』などに代表される戯曲に到達するが、そこではとうてい起こりえないような物語についての議論が軸になっている。バーナード・ショーの『メトセラに還れ』[90]は、アダムとイヴから、未来の最先端にまで至る壮大な五部作であるが、最後は、想像の究極として、劇自体をさえ呑み込んでしまう「純粋思想の渦」を指し示して終わっている。このような想像の世界では経験は内包されて、表現されるには至らない。もしくは、表現されたとしてもせいぜい単一の象徴として表わされるにすぎない。われわれは最終的には神秘的な意識の統一に到達するが、そこでは、音楽はミルトンのいう主要和音の完全な旋律、絵はジョットの円《オウ》、文学はアウムの一語[91]によって表わされるだろう。

ジョンソンの作品には挿話が実に豊富であるが、同時に挿話を放棄して、抽象化しようとする傾向もみられる。同様に、『ペリクリーズ』には、構想の偉大な均整と主題的イメージの巧みな統制がみられる。ガウワーの役割の一面は『シャクンタラー』[92]や『ファウスト』[93]の冒頭におけるマネージャーの役割とほぼ同様で、これが劇であることを人びとに思い出させると同時に、その想起効果によって劇の枠組みを打ち砕き、人びとを劇中へといざなうのである。しかし、これをジョンソンの劇のプロローグと対比すると、われわれはその違いにおどろく。ジョンソンのプロローグでは、それが独白であろうと対話であろうと、人びとの批評的機能を呼びさますことにねらいがある。一方ガウワーは、エンドウの魔女によって呼びさまされたサミュエルのように、死から呼び戻された老人である。彼は文学的伝統の構成の象徴なのである。彼自身はさらに古い文学的典拠をもっているため、彼を登場させることによって、われわれは非批評的な精神の枠組みを最大限拡大し、劇の世界に入りやすくなる。劇は、実の父と関係してその妻として暮しているアンタイオカスの娘に、ペリクリーズが求婚しようとするところで始まり、ペリクリーズが本当の妻と娘に再会して終わる。この二つの対照的な挿話が劇全体の骨格であるが、劇中に現われる場面の多くは、同じ主題を反復したこれもまた対照的な別の二つの物語を構成する。そのひとつはペリクリーズが乙女セイザをその父よりもらいうけることであり、もうひとつは、よこしまな養父母クリーオンとダイオナイザのもとから、さらに苛酷な女郎屋の主人と女将のもとに落ちたマリーナが、そこで恋人に出会うことである。

この劇の背景はたんに戯曲的にばかりでなく心理的にも原初的である。アンタイオカスの娘は、禁断の実、ヘスペリデスの楽園、[94]へびなどのイメージに満ちている。ペリクリーズの試練は古代の謎解きであり、オイディプス王の伝説の、主たる二つの物語の原初的特徴を組み合わせたものと思われる。ペリクリーズは、謎を解くことができなければ死なねばならない。首尾よく成功したとしてもやはり死なねばならない。その論理は『千夜一夜物語』と同じである。だがここで、われわれは非批評的に参加することが求められる。物語は実際の人生のようには展開しない。それはひたすら原型的なのだ。物語は大衆文学が呼び起こすような原初的反応を呼び起こす。そこでは主人公の危機一髪の脱出、女主人公の死から、あるいは恥辱からの救出、あきらかに死んだと思われた人物の奇跡的回復、さらに近親相姦の恐怖、感涙むせぶ再会の喜びなどが人びとの興味をそそる。戯曲構造は均整がとれているとはいえ、縮小されて最大限に単純化され、直接的なものになっている。これは戯曲の直接経験そのものを強調するためである。直接経験の強調は今日ではその極端に到達し、音や色の直接経験のなかに全体を見ようとする反目的論的、反構造主義的なタイプの音楽や絵画にその例がみられる。コウルリッジが言うように、両極端が出会うと、象徴的な思想の渦と純粋な感覚の渦との間に大差はなくなる。この純粋な感覚の渦のなかでは、モーツァルトやティントレット[96]とかつて結びついていた経験が、たった一筋のかん高い音や赤い絵の具の一はけによって表現されるかもしれない。

違いが現われるのは、両者の形にあまり差がないときである。まず最初に、文学は本質的に経験の寓喩であるとする道徳批評家と、文学という形態はそれ自体がひとつの目的であるとする批評家の区別から始めよう。これは参加者と見物者についてのさらに大きな区別の一面であり、あらゆる文学研究家、劇場の常連のなかにみられるものだが、この点については本書の後半で述べることにする。これは構造と経験とを峻別しようとした潜在的な区別であり、『新し亭』と『ペリクリーズ』がかくも違った概念の劇となっているのもこの区別ゆえなのである。ジョンソン的伝統の核心はなにか抽象的で洗練されたものであり、シェイクスピア的伝統の核心はなにか無邪気で具体的なものである。どちらか一方を選択する必要はないが、両者を峻別することにはなんらかの価値があろう。たとえ、それが常にわれわれとともにあり、明滅はするが決して消えないひとつの炎の光と熱であることを明らかにするにすぎないにせよ、それにはなんらかの価値があると思われる。

第一章　注

（1）**Samuel Taylor Coleridge**（一七七二―一八三四）イギリス・ロマン派の詩人、批評家。今日では批評家としての評価が高い。

（2）**Sir William Schwenck Gilbert**（一八三六―一九一一）イギリスの劇作家、作曲家。サリヴァン**Sir Arthur Sullivan**（一八四二―一九〇〇）と協力して多くの喜歌劇を作った。

（3）ホメロス作の悲劇的、写実主義的な色彩のつよい叙事詩で、トロイア戦争の開始後一〇年目から物語は始まり、アキレウスに討たれたヘクトールの死体をトロイアに運ぶところまでを描いている。

（4）ホメロス作の喜劇的、ロマンス的な色彩のつよい叙事詩で、オデュッセウスがトロイア陥落後、幾多の苦難を経て故郷のイタケーに戻り家族と再会するところまでを描いている。

（5）フライにとってアイロニーは次の三つを意味する。⑴文学の一様式で、登場人物の行動力が読者や観衆が普通と考える水準以下のもの。⑵また作者の態度が冷然たる客観視であるようなもの。⑶主として「リアリスティック」な水準の経験にかかわるミュトス。『批評の解剖』参照。

（6）**Aldous Leonard Huxley**（一八九四―一九六三）イギリスの小説家、批評家、随筆家。後にアメリカに移住。

（7）**Adam Smith**（一七二三―九〇）スコットランドの古典派経済学者。『国富論』はその主著。

（8）**Matthew Arnold**（一八二二―一八八八）イギリスの評論家、詩人。オックスフォードの詩学教授。文学を人生の批評とみなした。

（9）**Sir Thomas Wyatt**（一五〇三―四二）イギリスの詩人。イタリアのソネット形式の詩を最初に紹介した抒情詩人として、その功績はつねに**Sir Henry Howard**と並び称される。「わがもとを去りて」**They flee from me**はその代表作のひとつ。

（10）**Michael Drayton**（一五六三―一六三一）イギリスの詩人。**Henslowe**のために戯曲も書き**Dekker, A. Munday, Robert Wilson**らと合作している。「何の助けもなきゆえに」**Since there's no help**はその代表作のひとつ。

（11）**Antonius Stradivarius**（一六四四頃―一七三七）イタリアのヴァイオリン製作者で多くの名器

を残している。
(12) 本名 Giovanni Antonio de Bazzi(一四七七―一五四九)イタリアの画家。シエナ派に属す。レオナルド・ダ・ヴィンチの画風を学び、その影響を受けた。
(13) 本名 Giovanni Battista Salvi(一六〇五―八五)イタリアの画家。十七世紀ローマ派の代表的作家。ラファエロの影響をうけた感傷的な画風で、題材は殆ど聖マリアに限られている。
(14) Carlo Dolci(一六一六―八六)イタリアの画家。主としてマドンナと聖者伝を描き、纖細な色彩によって甘美な感傷を実現した。
(15) Guido Reni(一五七五―一六四二)イタリアの画家、版画家。十七世紀イタリアの新古典主義の典型的画家。
(16) Giotto di Bondone(一二六六―一三三七)イタリアの画家。劇的な動態と荘重な筆致等を特徴とする。
(17) Ben Jonson(一五七二―一六三七)イギリスの劇作家、詩人、批評家。Shakespeare につぐ大劇作家であったばかりでなく、深い古典的学識と高邁な識見とによって文壇の大御所たる勢威を名実ともに振った。彼の著作は戯曲、仮面劇、詩、批評の多方面にわたるが、戯曲においてはいわゆる comedy of humours(気質喜劇)の伝統の確立者としてイギリス演劇史に不朽の位置をしめ、市民生活の冷酷な写実と苛烈な風刺とにおいては Shakespeare も企及し得ない独壇場をもっていた。
(18) *The Return from Parnassus* 一五九八―一六〇一年に Cambridge 大学 St. John's College の学生がクリスマスに上演した三部作の戯曲のひとつ。作者は John Day とも、当時の学友であった William Dodd ともいわれるが、論拠薄弱。Philomusus および Studiose という従兄弟が巡礼となって Parnassus への往復する道中を寓意的に描き、第二部では諷刺的となり、第三部では Shakespeare, Ben Jonson ら当代作家を論じている。
(19) 暗闇にまぎれて別の女性が寝室をともにする一種のベッド・トリック。シェイクスピアは『終わりよければすべてよし』*All's Well That Ends Well*『尺には尺を』*Measure for Measure* などでこの手法を用いている。

(20)『オセロー』*Othello* に登場する悪人。脇役ながらシェイクスピアの創造したもっとも陰影に富む人物の一人。
(21)『シンベリン』*Cymbelin* に登場するイタリア人。悪知恵と雄弁さにおいてイアーゴと並ぶが、最後は良心の苛責に悩む小悪党。
(22)『ハムレット』*Hamlet* 第三幕第二場二四行、「芝居というものは、昔もいまも、いわば自然にたいして鏡をかかげ、善はその美点を、悪はその愚かさを示し、時代の様相をあるがままにくっきりとうつし出すことを目指しているのだ」からとった言葉。
(23) **Johann Sebastian Bach**（一六八五—一七五〇）ドイツの音楽家。バロック時代の代表的作曲家。
(24) 複雑な物語展開の綾が解けて、登場人物の正体や素姓が判明する場面。
(25) **Henrik Ibsen**（一八二六—一九〇六）ノルウェーの詩人、劇作家。『野鴨』*The Wild Duck* は晩年に、社会劇から個我の深みを追求する方向に転換した後の代表作のひとつ。
(26)『野鴨』の中心人物の一人。
(27) *Bartholomew Fayre*（一六一四）アダム・オーヴァードゥはその中心人物。
(28) **George Bernard Shaw**（一八五六—一九五〇）アイルランド生まれのイギリスの劇作家、小説家。イプセンを研究し、伝統的なイギリス演劇界を再活生化させた。評論も多く書いている。
(29)『尺には尺を』に出てくる喜劇的人物。最後に彼だけが罰せられる。
(30)『尺には尺を』に登場するウィーンの公爵。おしのびの君主という立場から、いわば演出家として計画し、行動して、人びとに反省の機会を与え、各自が自己認識に達したときをみて、一同に慈悲と寛容の処置を講じる。
(31)『尺には尺を』に登場する代官。イザベラの美しさに誘惑されて次々と悪事を重ねるが、最後には赦される。
(32)『尺には尺を』の登場人物でイザベラの兄。私通罪で死刑を宣告される。
(33)『尺には尺を』の女主人公。アンジェロの誘惑を拒否して、最後には公爵と結ばれる。
(34) イプセンは社会劇という意味で用いたが、シェイクスピアにおいては、むしろどの分類にもおさまりきれない奇妙な作品群としてこの語を使うことが多い。一般的には『終わりよければすべてよし』『尺には尺を』『トロイラスとクレシダ』*Troilus and Cressida*『アセンズのタイモン』*Timon of Athens*をさすことが多い。
(35) **Johann Strauss**（一八二五―九九）オーストリアの作曲家。
(36) **Thomas Rymer**（一六四一―一七一三）イギリスの好古家、批評家。*The Tragedies of the Last Age, A Short View of Tragedy*において、当時の戯曲が「三一致の法則」に代表される古典劇の法則を無視したことを非難した。
(37) **humours**　これは元来中世医学の四体液を示す言葉だが、それぞれの体液が一定の性質を現わすことから、気質の意味になった。気質をひとつの形とし喜劇に完成させたのがジョンソンである。
(38) **three unities** 劇における筋、時間、場所の一致。すなわち劇は始めあり、中あり、終わりある筋をもち、二四時間以内に終わり、場所は上演時間内に移動しうる範囲内に限られるという古典劇の法則。
(39) **George Peele**（一五五七―九六）イギリスの劇作家。詩人としても著名。『老妻物語』*The Old Wives' Tale*は一五九三年に初演された諷刺喜劇。
(40) **Anton Pavlovich Chekhov**（一八六〇―一九〇四）ロシアの作家、劇作家。批判的リアリズムの最後の作家として社会悪を容赦なく暴露した。
(41)『オセロー』の主人公。ムーア人の将軍。
(42)『ヴェニスの商人』*The Merchant of Venice*のユダヤ人の金貸し。
(43) *Everyman in His Humour*　ジョンソンの気質喜劇の代表作。
(44) *The New Inn*一六二九年上演されたが完全な失敗に終わった。
(45) *The Magnetic Lady*一六三二年発表の喜劇。多数の客を引きつけるために磁石と呼ばれるロードストン婦人とその謎をめぐる物語。
(46) **John Dryden**（一六三一―一七〇〇）イギリスの詩人、批評家。王政復古に伴った劇団の再興に乗じて劇作にも筆を染めた。
(47) *The Alchemist*一六一〇年発表のジョンソンの傑作喜劇。
(48) **William Congreve**（一六七〇―一七二九）イギリスの劇作家。ドライデンに師事し、一時その後継者と目された。『浮世の習い』*The Way of the World* はその代表的作品。

(49) **Pietro Raimondi**（一七八六―一八五三）イタリアの作曲家。歌劇、バレー、教会音楽などを作曲した。

(50) **John Milton**（一六〇八―七四）イギリスの詩人。若いうちから才能を発揮したが革命による文学的空白期もあり、『失楽園』*Paradise Lost* などの名作は、晩年失明してから書いた。彼の父も同名で、音楽家であった。

(51) **Edward Philips**（一六三〇頃―九六）イギリスの編集者。ミルトンの伝記作者で、ミルトンの甥にあたる。古来の諸国の詩を集めて出版した。

(52) 聖書の文句などを作曲した多声音楽。

(53) **Samuel Johnson**（一七〇九―八四）イギリスの文豪。一七六五年出版のシェイクスピア全集の諸言はシェイクスピア批評の一大傑作であり、三一致の法則を金科玉条とするそれ以前の批評をしりぞけ、シェイクスピアにロマン的偉大さを認めた。

(54) *Johnson on Shakespeare* から一部を引用する。「この作品の構想が愚劣であることや、人物の行動が支離滅裂であることや、名前や風俗において異なった時代が混同され、またこの作品に扱われている各種の事件はいかなる生活の形態においても実際には起こり得ないこと、などについて語ることは、救い難い愚昧さや、指摘するまでもなく明白で非難するにもひどすぎる欠点に対して批評を浪費することにすぎない」

(55) **stretto**　フーガの終結部で終止効果を高めるために導主題、答主題、各声部が急速に重なり合うこと。

(56) **Thomas Brown**（一七七八―一八二〇）スコットランドの語学者。エディンバラ大学道徳・哲学教授。連想心理学を進ませ、またヒュームの因果説を宗教の立場と両立するものとして擁護した。

(57)『冬物語』*The Winter's Tale* 第五幕第三場において一六年前に死んだはずのハーマイオニが生き返る場面のこと。

(58)『冬物語』第五幕第三場九五行

(59) **Fidele** は忠実、真実などを表わす。

(60) **I. A. Richards** の『文芸批評の原理』のなかの言葉。文学的発言の虚は虚として是認しながら、不信の暫定的停止、すなわち信ずることなくして同意の状態で文学に近づくことができる、というのが彼の理論である。

(61) **New Criticism** の用語のひとつ。文学作品を読む場合に作者の意図を尊重しすぎる誤謬を指す。作品の価値・意味は作者の意図したものに他ならない、従って作者の意図を知ることが、作品の意味を知り、批評することであるという立場を、**W. K. Wimsatt Jr.** と **M. C. Beardsley** が *The Verbal Icon*（一九五四）のなかで徹底的に批判して、こう名付けた。

(62) *Much Ado About Nothing* のリオナートの娘。従姉のビアトリスの引立て役。クローディオとの婚礼を前にして、ドン・ジョンの好計にかかり汚名を着せられるが、やがて無実とわかり、クローディオと結ばれる。

(63)『ジョン王』*King John* 第一幕第一場二四一六行。

(64)『ジュリアス・シーザー』*Julius Caesar* 第二幕第二場一一四行。アリストテレスの引用は『トロイラスとクレシダ』第二幕第二場一六六行。

(65) **Wystan Hugh Auden**（一九〇七―七三）イギリス生まれの詩人で、一九三九年アメリカに渡り帰化した。『いましばらくは』*For the Time Being* は一九四四年の詩集で、キリストの誕生からエジプト脱出までの事件を素材として、詩人の現代的宗教観をあきらかにしたもの。

(66) **Richard Brinsley Sheridan**（一七五一―一八一六）イギリスの劇作家。『批評家』*The Critic*（一七七九）は風俗喜劇の傑作で、場面の構成、対話の機智に優れている。

(67) *A Mirror for Magistrates* **William Baldwin** および **George Ferrers** が編集・出版したイギリス史詩集ともいうべき韻文物語集。内容は **Lydgate** 訳の **Boccaccio** 原作 *The Fall of Princes* に倣ったもので、一五五九年版には二〇編の悲話がある。

(68) **John Livingston Lowes**（一八六七―一九四五）アメリカの英文学者。**Indiana** 州出身。一九一八年以来 **Harvard** 大学英文学教授。『ザナドゥへの道』*The Road to Xanadu* は **S. T. Coleridge** の創作活動を精密に分析した研究書。

(69) *Epicoene or the Silent Woman* 一六〇九年に初演の彼の代表的傑作のひとつ。

(70) **Oliver Goldsmith**（一七二八―七四）イギリ

スの小説家、詩人、劇作家。
(71) Oscar F. O'F. W. Wilde (一八五六—一九〇〇) アイルランド生まれのイギリスの詩人、劇作家。芸術のための芸術を信条とする耽美主義を主唱、この運動を推進してフランス、アメリカにも名を知られた。
(72) John Millington Synge (一八七一—一九〇九) アイルランドの劇作家。
(73) Sean O'Casey (一八八〇—一九六四) アイルランドの劇作家。
(74) William Butler Yeats (一八六五—一九三九) アイルランドの詩人、劇作家。
(75) Giuseppe Verdi (一八一三—一九〇一) イタリアの歌劇作曲家。
(76) Sir Arthur Seymour Sullivan (一八四二—一九〇〇) イギリスの作曲家。
(77) 『ヴェニスの商人』第四幕第一場三三〇行。
(78) 『ヴェニスの商人』第四幕第一場一二一—三行。
(79) 『ヴェニスの商人』第四幕第一場二七六行。なお、このせりふには「君の奥さんを裁判官にするがいい」という意味も隠されている。
(80) 正義を表わし、支配者が手に持つと権力を、ネメシスが手に持つと復讐を象徴する。
(81) Christopher Marlowe (一五六四—九三) イギリスの劇作家。いわゆる「大学才士」のひとりでシェイクスピアに多大な影響を与えたといわれる。『タンバレン大王』*Tamburlaine the Great* は、羊飼いから身を起こしてアジアを征服したチムールをモデルとし、その飽くことなき征服欲を描いた。
(82) 中世の詩人ジョン・ガウワーによる『恋人の告白』*Confession Amantis* がこの作品の粉本のひとつであるといわれている。なおガウワー自身もコーラス役で登場する。
(83) John Marston (一五七五—一六三四) イギリスの劇作家。ベン・ジョンソンとの対立は有名。『女性の鑑・ソフォニスバの悲劇』*Sophonisba* (一六〇六) は彼の代表的悲劇。
(84) Thomas Stearns Eliot (一八八八—一九六五) イギリスの詩人、批詩家。『荒地』*The Waste Land* は第一次大戦後の混乱状態を、思想と感情の特異な融合でうたいあげた詩。
(85) エリオットの詩。Tyre の Pericles の物語によった作で、無秩序の現代に失われた信仰を再び見出す喜びをうたったもの。

(86) **Paul Valery**（一八七一—一九四五）フランスの詩人、批評家。

(87) ***Sir Patrick Spens*** 古いスコットランドの譚詩。王女を伴なってノルウェーに行った **Sir Patrick Spens** の船がスコットランドに帰る途中、アバディーン沖で難破したことをうたったもの。

(88) **Inigo Jones**（一五七三—一六五二）イギリスの建築家、舞台装飾家。ジョンソンの『黒の仮面劇』*Of Blackness*、『オベロン』*Oberon* など多くの舞台装飾を担当した。

(89) **Samuel Beckett**（一九〇六—一九八九）アイルランドの小説家、批評家。『ゴドーを待ちながら』*Waiting for Godot*『勝負の終わり』*Endgame* はいわゆる不条理演劇の代表作。

(90) *Back to Methuselah* **G. B. Shaw** の戯曲。一九一八—二〇年頃の作。**Adam, Eve** の昔から紀元三一九二〇年までを五部に分けた年代記的戯曲。

(91) **Aum, Om**〔インド哲学〕祈祷の開始のときに用いられる聖句。それ自体神秘的な力を有すると考えられる。

(92) ***Sakuntala*** **Kalidasa** 作の古代インド詩劇。序詩および七章からなる。**Dushyanta** が隠者の娘 **Sakuntala** に与えた婚約の指輪が紛失したため道士ののろいを受けたが、のち指輪がでて王と娘はめでたく結ばれる。

(93) ゲーテの傑作。ドイツに実在したといわれる魔術師ファウストをモデルにしたもので、マーローの『フォースタス博士』*The Tragic History of Doctor Faustus* から強い影響をうけたという。

(94) 四人の姉妹たちが竜の **Ladon** の助けを得て守っていた金のりんごの楽園。

(95) **Oedipus** **Apollo** の神託のごとく誤って父を殺し、怪物 **Sphinx** の謎を解いて、**Jocasta** を母とは知らずに妻とし、その間に二男二女をもうけた。しかしその罪がわかって母は自殺し、彼はみずから両眼をくり抜き、娘の **Antigone** に導かれて流浪のはてに死んだ。

(96) **Tintorets** 本名 **Jacopo Robusti**（一五一八—一五九四）イタリアのヴェネチア派の画家。

第二章　自然への挑戦

戯曲は客観的な芸術形態である。したがって作家は戯曲にどれほど魅了されても、自分の芸術に対して、あくまで客観的な態度をとるものと考えられる。シェイクスピアのように、自分の個人的な態度を人に押しつけることなく、みずからの劇以外にはまったく興味を示さないような劇作家の場合にはとりわけこの原理があてはまる。この点で、シェイクスピアは劇作家のなかでも異色である。ベン・ジョンソンは、劇作家であったという事実によって、卓抜な個性を披瀝できないことはなかった。むしろ彼は観衆にみずからの個性を押しつけることが多かったほどである。「劇場戦争」(1)として有名な個人的な論争の最中に、ジョンソンは、自作の劇『へぼ詩人』(2)に甲冑に身を固めた口上役を登場させ、つぎのように語らせている。

皆様にご挨拶申し上げるのに、なぜ甲冑姿で舞台に立つかとご不審のむきは、どうか、現代が危険な時代で、物書きは二重三重に証拠をそろえて作品を書かねば、立派なよそ行きの服を着た人びとで劇場を満員にさせているあの卑しい誹謗者、無学の猿(3)どもの手品的な手法にとうてい対抗できないという事情をご賢察いただきますよう。これらと相まみえんがために、われらはかくも甲冑に身を固めて登場したしだい。寓喩や隠された意味が、見事に築き上げ(4)られた信頼となって、彼らの高慢をおびやかし、その愚行を笑うことになりましょう。

すなわち、甲冑姿の口上役は、この時代と他の作家についてのジョンソンの見解を代弁するために登場したのである。同じく劇場戦争に関係があるとされる『トロイラスとクレシダ』にも甲冑姿の口上役が登場するが、彼は自分をつぎのように語っている。

さてここにまかり出ました口上役の、このいかめしい甲冑姿は、けっして作者のペンや役者の声を恐れてのことではありません。この芝居にふさわしい姿をと思ってのことでございます。(5)

いうなれば彼の甲冑姿はあくまでも礼儀上のものであり、戦争を題材とした劇にもっともふさわしいからである。この作品に劇場戦争への言及があるかどうかは分からないが、もしあるとしても、それはシェイクスピアがそれとはまったく無関係だったことを示すだけであろう。

このような寡黙さとあの天才ぶりとが一諸になると、自分が知っている、ないし、知っていると思っている詩人以外の詩はまったく読もうともしない凡庸な批評家は完全にお手上げになってしまう。そのモットーは、ショーの『ファニーの最初の芝居』(6)に登場する批評家のモットーと同じである。「誰がその劇を書いたか言ってみろ、そうすればたちどころにどこがすばらしいか言ってやるから」。(7)したがって、彼らは、シェイクスピアが妻に二番目に良いベッドを残したこと以外になにも知らないような場合には、シェイクスピアの劇のどこがすばらしいのかなど書きようがないのである。多くの忍耐強い学問の成果によって、今日われわれは作品の制作年代についてかなりの知識をもっている。また、その順番が示すある種の寓喩として、架空のシェイクスピア伝を書くことも可能である。この方式によれば、シソン教授[8]の言うように、あの偉大なる悲劇の時代[9]は、シェイクスピアの理由なき悲しみの時代であり、そのなかに『アセンズのタイモン』だけが一瞬異常な憤慨を見せているとも解釈できるのである。この方法の魅力はなんといっても簡単だということである。自分に都合の悪いような証拠がないところでは、自分が感受性や洞察力にあふれた人物であることを遺憾なく立証できるからである。『アセンズのタイモン』については特にこの傾向が強いように思われる。というのは、この作品はこの種の考察には恰好であるうえに、詩人自身もこの方法についてつぎのような名言を残しているからである。

私は自作のなかでひとりの人物を描き出しました。
この下界が最大の好意をもって歓迎し、抱擁している
人物をです。なにものにもさまたげられない
私の意図は、特定の個人にとどまることなく
自由の大海原に乗り出します。特定の人にあてつけた
悪意の語句が文を汚すところなど一点たりともありません。
ひたすら鷲のように、大胆に、まっすぐに飛翔し、
あとになんらの痕跡も残さないのです[10]。

しかしながら、昔ばかばかしいと思われていた方法は、現在でも、当然ながらまったく信用されてはいない。これにとって代わるべき原理は、それが本当にシェイクスピアによって書かれたものならば、いかなる一節も戯曲的な機能と枠組みから完全に説明できるという批評原理である。『ウィンザーの陽気な女房たち』のウィリアムの授業風景[11]のような、特別な目的のために書かれたせりふや場面は、ただ時間かせぎのために挿入されたものだという考えかたがある。しかし、シェイクスピアがなにかを「言いたい」という個人的欲求から書き残したものなどひとつもないのである。作者の問題についてもちょっとだけ触れておこう。というのも、自分を失望させ憤慨させるような、あるいは自説と食い違うような一節を発見した場合、それが改竄であることを証明したくなるのがわれわれの常だからである。たとえば、ある女性批評家は、マクベス夫人が舞台の外ですでに神と和解しているからという理由で、『マクベス』の終幕近くの「この殺人鬼と鬼のような夫人[12]」という一行を、誰かの改竄と断定するのである。

誰しも、自分がシェイクスピアだったら決して書かないようなせりふや詩行の一覧表をもっているものである。私自身『リア王』の道化の「予言」が、決まりきった役に甘んずることに不満のある役者が勝手に挿入したことを示す証拠が喉から手が出るほど欲しい。しかし、私はこの種の感情は、この劇に対してもう少し柔軟な見解をもてば、普通は氷解するものだということを十分承知している。コウルリッジやドゥ・クィンシー[13]の『マクベス』の門番に関する所見[14]を読めば、大部分の人が、この場合ドゥ・クィンシーのほうが、シェイクスピアの芸術性について広い見解を示しており、ゆえに正しいことに同意するであろう。『ペリクリーズ』の下品な売春宿の場面[15]は、ヴィクトリア朝の批評家にとっては、これがシェイクスピア以外の誰かの作であることの強力な証拠[16]であったが、二十世紀の批評家にとっては、逆にこれがシェイクスピア自身の作であることの強力な証拠になっている。ここでも正しいのは後者である。なんとなれば、シェイクスピアに内在する概念はもっと包括的で、真贋について問題のないシェイクスピアの他の作品と首尾一貫しているからである。

このことはさらにもうひとつの原理を暗示することになろう。つまり、劇の構造を批評的に考察する場合、作者の問題に固執する必要はほとんどないということである。たとえ私が『ヘンリー六世』におけるピール[17]の加筆や、また、『ヘンリー八世』におけるフレッチャー[18]の加筆を峻別することは、とうてい批評家の能力では及ばぬことだと確信していても、依然としてこの原理は正しいであろう。この原理は、『マクベス』のヘカティ[19]の場面のように、考慮すべき外的証拠がある場合においても正しい。「共作者」という言葉を戦時中の国賊のような意味で扱うべきでないことは、演劇史全般を通じて実証ずみである。事実、共作[20]によって明確でしかも統一のとれた個性が創りだされる例は非常に多いのである。ボーモントとフレッチャーが共作した劇を聞いて、二人の別の作家が交互に語りかけてくると感じる者はいないであろう。シェイクスピアのもっとも著しい文体上の不統一の例は、いうまでもなく『ペリクリーズ』にみられる。この作品では、なんとも歯切れの悪い、不明瞭な場面が二幕続いた後、あきらかにシェイクスピアの修辞的技法によると思われる力強いエンジンの響きが、突然聞こえてくるからである。しかし、どのような経緯でこのような形になったにせよ、最初の二幕に主人公ペリクリーズの物語の一部をなす事件やイメージが含まれていることは確かであり、文体の断絶に匹敵するほどの構造の断絶は見られないのである。

シェイクスピアの客観性が完璧であることは、彼が観衆の趣味を向上させようとか、観衆のなかの一部の知識人だけに特別な親しみをこめて語りかけようとした形跡が皆無であることからも分かる。彼が作品を書いた最大の動機は、あきらかに、金儲けのためであった。これは、今まで明らかにされたどの動機にも優るものである。というのも、それは、関心と無関心とをもっともよく調和させるからである。彼はまず自分の観衆に対して、ほとんど感情移入ともいえる関係をもつことから始めたと思われる。観衆の愛国心や君主権についての認識、フランス人やユダヤ人に対する偏見、気のきいた冗談の使い方、これらを劇の前提として、シェイクスピアは受け入れたのである。『トロイラスとクレシダ』の四折本第二刷を紹介するために付けられた作者不明の謎の書簡[21]を別にすれば、シェイクスピアは、ひたすら、「努力もひとえに皆様を毎日楽しませるためのもの[22]」という『十二夜』の最後の一行に示されている態度で観衆に語りかけたのである。もっとも、彼の作品の登場人物ならばもっと知的な見解を示すかもしれない。ことにハムレットはそうである。彼は作者のシェイクスピアとは違って、二流詩人であり、しかも、大学出の才人だからである。

ある劇作家の思い入れとか観衆の期待などが、劇中の意見、提案、声明などのなかに移入することはありうることだろう。だが、もしシェイクスピアの場合に、それを彼自身の見解と考えるならば、実に憂鬱な常識に至るだけである。かくして、バーナード・ショーからT・S・エリオットにいたる、多士斉々な批評家によって、シェイクスピアは偉大なる詩人ではあるが、彼の人生哲学、見識、道徳的規範、価値観などはおどろくほど浅薄なものである、といった感想が述べられるようになるのである。これに対する正しい答は、もちろん、シェイクスピアは劇の構造以外には、いかなる見解、価値観、哲学、原理ももたなかった、ということである。なにゆえに、シェイクスピアを偉大な詩人であると同時に無能な思想家であると強引に決めつけようとするのであろうか。

この理由は、本書の冒頭で述べた批評家たちの分類にまで遡って考えねばならない。一部の批評家は、文学を寓喩、あるいは、人生の批評ととらえる。したがって、彼らはどんな文学作品であろうとそれを、著者の目で見た、ある種の人生真理であると考えがちである。ローレンス・オリヴィエの『ハムレット』は決断を欠いた男の物語である。そこから、劇の展開は、八つの死体に象徴されるような、憂柔不断が招いた結果の解明へと進んでゆく。しかし、もうひとつの、とくに喜劇やロマンス劇と結びつく方法では、物語はひとつの自己充足的な単位として語られ、そこでは行動の模倣が示されると考えられる。つまり、作者はある種の物語を始める。ここからさまざまな登場人物が生まれ、やがて物語の展開上重要な地位を占めるようになる。また、個々の人物の性格的特徴、すなわち、劇中で自分がいかにあるべきかを決定する特徴は、物語のなかにおける彼の立場と機能から生まれる。一方、道徳批評では、登場人物の性格は、むしろ劇の描き出す人生真理の象徴としての彼の立場から生まれると考える。このやり方は近代文学の批評においてはひとつの有力な方法である。フォークナー[23]やグレアム・グリーン[24]を批評する者は、ほとんどきまって、登場人物が作者の習慣的態度のどのような点を象徴するかという見地から考察する。このような方法は近代作家には適切かもしれないが、もしそれが、物語の内容がなんであろうと、そこに技術的あるいは構造的な問題は一切ないとまで言おうとするならば——往々にしてその傾向があるのだが——ここにも誤解の生ずるおそれがある。トム・ジョーンズ[25]の話を始めようとすれば、たんに作者の偽善に対する非難の象徴としてばかりでなく、構造的な理由からブライフィル[26]のような対照的な人物を必要とするのである。

いずれにせよ、シェイクスピア批評のもっとも大切な問題の多くは、批評の視点の変化によってたちまち擬似的問題へとすり替えられてしまうのである。ひとつの例として「フォールスタッフは卑怯者か」という問題がある。劇中のフォールスタッフは一見軍事行動に専心しているようにみえる。この種の軍事行動は、肉体的勇気とか決死の覚悟といった英雄の規範に基づくものである。ところが、フォールスタッフは『ヘンリー六世』に登場する先輩のファストルフ[27]とは違って、この規範の大部分から逸脱し、あきらかに自分の生命の安全、苦労の回避などと直結するもうひとつの価値観を示していると思われる。卑怯者という言葉は道徳的な判断を暗示し、われわれがこれをフォールスタッフに適用するか否かは、英雄という規範をたんなる劇的基本原理としてではなく、価値として受け入れるか否かにかかっている。当然これに対しては、その価値を受け入れるも拒むもシェイクスピアであってわれわれではない、という反論があろう。強気な批評家は、シェイクスピアがそれを受け入れたからフォールスタッフは卑怯者だと主張するであろうし、弱気な批評家は受け入れなかったのでアイロニックな英雄だと主張するであろう。前者はシェイクスピアを愚かな俗物と化し、後者は不誠実な俗物と化してしまう。このような結論に達するということは、われわれのやり方を見直す時期にきていることを示すものである。

これは決して無用な詮索ではない。これまでの考察でフォールスタッフが卑怯であるか否かについてはいくぶん興味が薄れたかもしれない。だが今日でも人びとはシェイクスピアが、正統性、神権、秩序と階位、存在の鎖[28]、キリスト教的終末論といったものを受け入れていたか否かの論議を続け、あたかもシェイクスピアがこれらを信じており、それを描くために劇を書いたのだとか、あるいは、偶然かもしれないが、少なくともそれらが描かれているなどという議論をしている。しかしながら、シェイクスピアの時代にはたんなる一般常識であり、今日では迷信にすぎないようなものをまともに信じて、これと劇における精巧な主題の用法とを対等に扱うのは[29]、的はずれな批評方法であると言わざるをえない。ダンテやミルトンには、その時代特有の不安があったことは認めるが、同時に、時代とは無関係に、直接われわれに語りかけてくる想像的世界があることも認めねばならない。たしかにシェイクスピアの劇はその時代の不安を示している。だが、それはシェイクスピアが不安をもっていたことを示すものではない。ひとりの人間としてシェイクスピアは不安をもっていたかもしれない——いずれにせよその証拠はなにもないのだが——しかし、シェイクスピア劇から読みとれるはずの、まったく考慮する必要のない事柄まであれこれと詮索するのは無意味であろう。

『トロイラスとクレシダ』の第三場では、ギリシア軍の首脳たちによって軍議が開かれている。その雰囲気は、インディアンのパウワウの儀式のごとくおごそかで、修辞的で、かつ原始的である。軍議の半ばでユリシーズが階位について演説する。[31]彼はギリシア軍の指導者たちが、アキリーズとその男色の相手パトロクラスとを引き離してくれるよう望んでいる。だが、この要請は特権武士階級が重んじている面子を損わないような形でなされねばならない。そのために、彼は宇宙の秩序から説き起こすのである。冷酷非情で背信的なアキリーズが復帰したとて、宇宙の秩序が回復するわけではない。しかし、それはプライアム王の都トロイを破壊する助けにはなるであろう。観衆は宇宙の状態について考えることを求められているのではない。観衆はユリシーズがいかに巧妙に、つまり人間の姿をした風神アイオロスさながらにいかに上手に風袋を調節するかを見ているのだ。[32]ユリシーズは直接アキリーズに働きかけるときに、時についてもういちど熱弁をふるう。[33]ここでも礼を失しないという例の原理が守られている。こういったせりふをシェイクスピアの基本的な信念として利用したり、逆に観客の信念として利用することは、たんにシェイクスピアの詩的思想を陳腐な言葉におとしめるばかりでなく、彼がこれを陳腐な言葉として用いたという事実すら無視するものである。

シェイクスピアが上品さに欠けることは、しばしば遺憾とされてきた。だが、もはやこれもわれわれを悩ます問題ではなくなってきている。ひとつには、文学における下品さとはなにかに関して、われわれの考えが変わったためであろう。いかなる詩人にも職人気質的な部分があり、言葉を組みあわせて、時間や空間、それに文化的前提を越えて読者と対話できるような充実した構造を作ろうとする傾向がある。また、人間すべてがそうかもしれないが、いかなる詩人にもエゴがあって、熱弁や長広舌をふるったり、まくしたてたり、感動させたり、意見を押しつけたり、空想を描き出したり、連想によって敵を苦しめたり、友人に栄誉を与えたりしたいなどと願うものである。文学で知られている唯一の下品さは、作者の赤裸々なエゴをまる出しにすることであり、一方、文学的美徳の大部分は個人的な悪徳を包み込むことである。シェイクスピアは、西洋文化圏のいかなる大詩人よりも核となるエゴの少ない詩人であると思われる。したがって彼はもっとも上品な詩人といえるかもしれない。シェイクスピアを、劇を書いた詩人から、なにかを「言いたい」エゴに格下げすることは、彼の遺骨をあばくことよりもひどいプライヴァシーの侵害である。

チェーホフやブレヒト[34]のように、偉大なる劇作家が自分の時代の社会問題に深い関心を示すとき、われわれは、それがエゴから生まれたものとは思わない。したがって、このような関心を示すことは劇作家としての誠実性を傷つけるどころか、これこそ誠実性の本質的部分なのである。

シェイクスピアがそのような関心を示したという証拠があれば、われわれは彼についても、きっと同じように感じるであろう。マシュー・アーノルドの「われらが問を受けとめよ」[35]というソネットに登場する自己満足的な謎の人物など、別種のエゴにほかならない。だが、関心については、劇的な緊張を保っておかねばならないという技術的な問題がある。もちろん観客に直接呼びかけるといった無茶をしてはならない。そんなことをすればたちまち劇的な緊張の糸は切れてしまうからである。奇妙なことだが、われわれは不偏性といえばもっぱら無関心を、名人芸への心酔といえば純粋主義を想像する。このような態度は、フローベール[36]のように、あらゆる素朴な生活を複雑きわまる静物画のごときものに変えてしまう。それはあたかも触れるものすべてを黄金に変えるというマイダス王の指のごときものである。われわれは、想像力によって構造が態度に優先し、態度を規定するような、それほど具体的な想像力など考えることはできない。シェイクスピアの不偏性はすべてのものを巻き込み、包み込む不偏性であり、あらゆるものに等しく生命を与えることによって示現するたぐいのものである。

さてここで、シェイクスピアの別の問題について考察してみよう。ひとつは、いわゆる問題劇なるものが実に曖昧であることである。テレンティウス[37]の劇『ヘキラ（継母）』のなかで、技術的な意味での主人公パンフィラスは妻との同衾を拒んでいる。というのは、彼は妻のお腹の子供は、自分の子ではないと信じこんでいるからである。事実、妻は祭の日に変装した無頼漢に強姦されたのであった。これは彼女の落度ではないのだが、パンフィラスは自分の面子《めんつ》のために妻を離別するという。最後に、変装して強姦した無頼漢が実はパンフィラス自身だということが判明する。これで彼の名誉は回復し、劇はめでたしめでたしに終わる。この作品の登場人物は、パンフィラスを除けば全員が上品で寛大な人物として描かれ、ローマ喜劇においては、一般に強欲な人物として登場する金持相手の娼婦ですら上品で寛大に描かれている。パンフィラスと他の登場人物との対照は意図的なものであり、主人公に好意的にこの劇を見たり読んだりすることはほとんど不可能である。非行少年だとて、これよりはずっと筋の通った道徳規範をもっていることだろう。にもかかわらず、パンフィラスは喜劇の中心人物の座に留まったまま、劇は喜劇の定石どおりに終わる。彼が得る報酬は彼の功績をはるかにうわまわる。

テレンティウスが、パンフィラスを使って、当時の社会や道徳について、直接的にせよ、アイロニーにせよ、聞くに値するなにかを「言わねばならなかった」とはどうしても考えられない。われわれのもっているあらゆる証拠は、テレンティウスの興味はもっぱら、一般的で、それゆえに実に伝統的な劇的構造を用いて、観客を楽しませることであったことを示している。これは、彼が自分の劇のアイロニックな調子に気づかなかったという意味ではない。パンフィラスという登場人物に対するいかなる反撥も筋のなかの彼の劇的な役割に基づくものだという意味なのである。もしこの特殊な物語をどうしても語るとすれば、彼はこれよりほかに行動のしようがなく、他のタイプの人間にはなりえないのである。もし道徳的な問題があるような場合には、われわれは詩的正義の達成を求めるべきでなく、ましてやパンフィラスがあまり幸福にならないようになど望むべきではない。むしろわれわれは、この劇の構造について思慮《リフレクション》（この言葉には道徳的な響きがある）すべきなのだ。つまり、「娯楽としてのこの種の物語の価値はなんなのか」について思考すべきなのである。

高度に伝統化された虚構文学においては、物語と登場人物との不均衡はごく一般的な特徴である。探偵小説では、殺されるほうにそれなりの理由があると思うことがよくある。また、われわれの劇的共感も犠牲者ではなく殺人者のほうに向けられることが多い。しかし、作者は伝統に従わねばならないので、結果的に読者はだまされたと感じることになる。ここで伝統が読者の共感を圧倒してしまうような場合には、読者はだまされたとは感じないということを念のため補足しておく。だが大衆文学においては、ときには筋が登場人物に対して筋全体の概念に疑問を抱かせるような行動を要求することがある。スリラー作品の主人公が苦難から奇跡的に脱出すれば、それは伝統である。しかし、主人公がまったく愚かにもまっさきに窮地に飛びこむような設定をもつ場合には、伝統に対していら立ちを覚えるかもしれない。

シェイクスピアの喜劇には、男性の側からみると、周囲の祝福につつまれての幸福な結婚と思えるものが、相手の女性の側からすればとても玉の輿とはいえないような結婚が少なくとも三つある。すなわち、『空騒ぎ』のクローディオ、『終わりよければすべてよし』のバートラム、『尺には尺を』のアンジェロの結婚である。この三人のなかで、もっとも人さわがせなのはクローディオである。最初ヒアローの不貞をほのめかされると彼はこのうわさを抵抗なく受け入れ、もしそれが立証されれば自分は当然彼女と別れると言う。それから、四歳の子供でもとうていだまされないような証拠を鵜呑みにして、公衆の面前で、しかもこの上なく屈辱的なやり方で、ヒアローを離別するのである。クローディオの行動については、いろいろな観点から合理的に説明できるが、観衆の大部分はベアトリスが彼をうじ虫になぞらえるときにきっと彼女に最大の共感を示すであろう。ヒアローは、表向き、死んだことにされる。しかし、クローディオは妻の死の報を聞いても少しも感情を動かさないばかりか、娘の死を心から悲しむヒアローの父を嘲笑する。やがて物語は祝祭的な結末へと向かい、そのなかでクローディオは全面的に受け入れられる。ベアトリスでさえも、すべてが円満に終わったと考えているようにみえる。

さて、ここに真に批評的な問題が含まれている。その問題とは、明確に喜劇的な構造を示すものは、その内容ないしその内容に対するわれわれの態度いかんにかかわらず、すべて喜劇と解釈すべきか否かということである。答ははっきりとイエスである。喜劇とは最後が幸福に終わる劇ではなく、われわれや役者や作者が幸福か否かにかかわらず、一定の構造が示され、曲折はあっても独自の論理的結末に達するものをいうのである。論理的結末とは祝祭をいうのであるが、オランドゥやジェイクズのように祝祭に否定的な態度をとる者が登場することもある。『空騒ぎ』を喜劇とするために、歴史的な見地からの議論やその他の議論をてこにして、われわれのクローディオに対する態度を変える必要などまったく無用である。

テレンティウスの劇についての目録を見ると、この作品の初演のときは最後まで上演されなかったことがわかる。観客が幕合いに隣りのサーカスの綱渡りを見に行ったままとうとう戻って来なかったのである。テレンティウスは、作者に対して登場人物を徹底的に分析することを要求するような観客のために劇を書いたのではなかった。ローマ時代の観客は、演奏会でよく見かけるくたびれた亭主族のようなものだったのではないかという気がする。彼らは一定の舞台が終了するまでただひたすら坐っていなければならなかったからである。プラウトゥスのある劇のプロローグは、その様子を簡潔だが、辛辣に示している。「皆様、足をお伸ばし下さい。これからプラウトゥスの劇を上演いたしますが、これは長篇なのです」。シェイクスピアにおいてすら、ときに退屈とはいわないまでも、予感の的中を待つような感じの作品がある。たとえば、『間違いの喜劇』では双生児の兄弟がいつか出会うことは確実であり、われわれは、劇のかなり早い段階で気持の上ではすでに到達している結論に、作者が追いつくのを待つのである。喜劇においては、時間的流れをもつあらゆる芸術についていえることだが、一定の物語の完遂へと向かう推進力ないし起動力が第一前提となる。

つぎに詩人が直面するのは、興味を持続させるためのテンポの問題である。観客に落ち着きがない場合はとくに、テンポに強いめりはりが必要である。最低のレベルでは、テンポは信じられないほど猛烈で、絶えず走ったり叫んだりするであろう。この種の物語展開はシンクレア・ルイス(38)の『大通り』に登場する人物によってつぎのように評されている。「また誰かがおっぱじめやがった。だがみんながみんなこれほどおしゃべりでへらず口をたたくわけじゃないんだ」。しかし、洗練された観客にとっても精力的なテンポは受け入れやすいものである。音楽におけるフィナーレがほとんどいつも早い速度で演奏されるという事実もこれによって説明がつくであろう。同じ原理は戯曲にもあって、それがわれわれを元の基本原理に引き戻すことになる。戯曲の一般的特徴も、高度に伝統化されたものである。というのは著しい特徴を示しつつ劇を推進させる力を与えるのは型にはまった手法であるが、この手法に連続性を与えているものこそ伝統だからである。『空騒ぎ』の離別の場面では、われわれは心のどこかで喜劇的結末を期待している。「終わりよければすべてよし」という言葉は喜劇の構造についての声明であり、実際の人生にあてはめようとしたものではない。

　ドライデンの詩『アレグザンダーの饗宴』(39)とその音楽の影響についてはよく知られている。タイモセアスが「今の神《デイティ》」と歌うとアレグザンダーは「神《ゴッド》」を想像する。タイモセアスがダリアスの没落を歌うとアレグザンダーは涙を流す。復讐を歌うとアレグザンダーは突然広間から飛び出して都市《まち》に火を放つ。これはすばらしい詩であり、おそらく世界征服者の文化的な趣味を忠実に映しだしたものであろう。だが、これを信頼できる音楽批評と考えるわけにはいかない。実際、もし音楽が人びとをこんな目に会わせるとすれば、音楽は社会に対してもっとも致命的な影響力をもつことになるわけで、それならばそんなものはすぐにでも葬ってしまうに限る。もちろんドライデンの詩が示しているのは、音楽の〈構造〉である。この〈構造〉はエリオットなら感性の統一と呼ぶであろう領域である。この統一は、互いに対立したり、ある程度相殺しながら、さまざまな雰囲気相互のバランスをとるものである。構造のどんな断片でも、一種の条件反射によって、プルースト[40]のヴァントーユのソナタの「小楽節」のように、一定の雰囲気ないし連想を呼び起こすことがあるかもしれない。とはいえ、構造全体はこのように動的に働くものではない。パーセル[41]の詠唱の効果を台なしにする昼食ラッパほど明確な役割を果たすものではないのである。芸術作品の構造は人びとの目を作品に集中させる働きをする。構造は人びとに働きかけるのではなく、人びとをなかに引き入れる。さまざまな背景、かかわり、性向をもつ観衆が、たがいに共通のなにかを与えられることによって、ひとつに引き寄せられるのである。

これに対して雰囲気は動的に働く傾向があり、聞き手の間に生じる情感を示唆したり、表象するものである。見事な構造をもつあらゆる芸術作品において、雰囲気と雰囲気によって喚起される情緒的反応は、たんに変化に富み均衡を保っているのみならず、同時に二つないしそれ以上の雰囲気を生みだすことさえ多い。こうして、クレオパトラの死は、哀歌的な側面と同時にアイロニー的な側面をもつことになる。具体的にいえば、前者はチャーミアンとイアロスによって強調され、後者は道化と、形は異なるがオクタヴィアスによって強調されている。とはいえ、ここにはいわば議会のような雰囲気があるように思われる。議会は両院に分かれ、そのなかにはある雰囲気に賛成の圧倒的多数と、反対の少数がいるのである。悲劇という言葉はひとつの構造をさす呼称である。悲劇は劇のひとつの重要な、典型的な物語展開を描いたものである。悲劇は、アリストテレスが憐憫と恐怖と呼ぶ相対立する情緒を呼び起こし、その情緒の均衡を達成する。これをアリストテレスは浄化《カタルシス》と呼ぶのである。しかし、そこには陰気な悲劇的な雰囲気がみなぎっているため、われわれはこちらのほうを典型的な悲劇とみなす傾向がある。喜劇もまたひとつの構造をさす呼称である。だが喜劇を支配する雰囲気は祝祭である。われわれは詩人の構造よりも、自分自身の雰囲気のほうに強く執着しているので、悲劇とか喜劇といった構造の範疇を示す呼称は、このような大多数の人びとの好む雰囲気を意味するようになり、結局「喜劇的」は面白い、「悲劇的」は悲しいという意味になってきている。

しかし、他の分野でもそうだが文学においては、統一的《ユニファイド》ということと画一的《ユニフォーム》ということはまったく逆の意味である。悲劇が画一的に陰気な雰囲気をもっている場合には、メロドラマ的になりがちである。雰囲気に集中することによって、悲劇はできるかぎり動的になり、観客に対して、主人公に声援を送ったり悪党を非難するように働きかける。そのため観客は観衆から群集になり下がる傾向がある。喜劇が画一的な、陽気な雰囲気にもっぱら集中する場合には、笑いの機械的な刺激と反射によって、笑劇的になりやすい。したがって、構造は参加を求めるが賛成を求めない。構造は観衆を観衆として統一するが、観衆がさまざまに反応することを許す。社会に対するのと同じように、演劇的行為に対しても、全体の反応ではなく、多数の反応を求めるべきである。もし極端な形のメロドラマや笑劇のように、多様な反応が許されないとすればどこかが間違っている。なにかが正しい演劇的機能を妨げているのである。

シェイクスピアの作品のなかで、『タイタス・アンドロニカス』のような、ほとんど画一的ともいえる雰囲気をもった劇が、われわれに想像的忠誠をせまるものではないことを知ってもおどろくことはないであろう。逆に、シェイクスピアがまったく正反対のことをしてもおどろかないであろう。喜劇があまりに陰気すぎるために祝祭的な結末がぎこちなく、いかにも不自然で、当惑を禁じえない場合さえある。あるいは、『ロミオとジュリエット』のように、機知と微妙な感受性に富んだ悲劇では、最後の大団円の場面で憤慨したくなるようなこともある。ここにおいても、激しいアイロニーの形をとる多くの劇と同じく、観客の反応は依然として分裂したままである。批評にせよ上演にせよ、少数の人びとの雰囲気の重要性を苦心して強調するのはこのためである。劇全体を正確にとらえるひとつの正しい反応があるとする説は幻想にすぎない。正しい反応とは常に平凡な反応であり、なんらかの精神的あるいは肉体的な反射にうまく訴えたときに初めて可能となるものである。

往々にして一緒にされていることが多いが、実は動的な刺激には二つの形態がある。ひとつは陰気とか陽気を生みだす情緒的な反応であり、もうひとつは共感とか憤慨といったもっと概念的な反応である。この後者は教訓的な形で示される。たとえば、観客が劇場を出るときに不自然に統一された群集とでもいうべき状態になって、自分が劇場内で共感あるいは反撥したことに対してなにかをする、少なくともなにかしてみたい、という気持をもつのは概念的な反応によるものなのである。シェイクスピアにはこの種の刺激を与える作品はない。たとえば『タイタス・アンドロニカス』と同じ教訓を与えるような他の作品を考えられるであろうか。このことは、シェイクスピア演劇の基本原理を他の価値や意見や提議に転換することができないという事実がいかに重要かを改めて認識させるものである。ある形の劇においては、物語展開が、劇の「真意」である道徳を必然的に暗示する寓話となっていることもある。このような劇の場合には、批評は、劇自体を飛び越えて、作者が「意図した」概念、あるいは劇の観念、劇の形態に到達することができるのである。しかし、このような擬似プラトン的な方法はシェイクスピアには当てはまらない。シェイクスピアの劇は実存的事実であり、それを頭で理解してもその実存を具体的に示すことはできない。シェイクスピアの「意味」つまり詩的思想は、劇のジャンルがつねに批評の枠組みの中心にあるような、構造分析を通じてのみ説明できるのである。

私がこの点を特に詳細に論じるのは、シェイクスピアと観客の関係について、それが当時の観客であれ今日の観客であれ、いまだに多くの混乱がみられるように思えるからである。このような混乱は、混乱した言葉によって端的に表わされるが、そのもっとも一般的なものは「大衆が望むものを与える」という言葉である。シェイクスピアとその観客について熟知している劇作家なら誰しも、重要なのは知的な観客と愚かな観客の違いではなく、劇に対する知的な反応と愚かな反応の違いであることを承知しているだろう。しかもこの二つの反応は一人の人間の心のなかにも存在しうるものである。いかなる観客にも、偏見に凝り固まり、ありきたりの筋を期待し、平凡な反応を示すべく劇場に出かけ、さらに劇がそれを、あるいはその一部を描くことを望むような態度がある。このような態度に対しては、そっとしておくより他になすべきことはないが、劇の表面的な意味はまさにこのことなのである。すなわち、T・S・エリオットが、番犬に肉きれを投げて、肉に噛み付いて自分には噛み付かないで欲しいと願っている泥棒になぞらえたあの意味である。さらに、劇を見ることだけを望み、劇が終わって初めてそれが自分の望むものか否かを判断するような、もっと知的な態度もある。前者の態度は劇の外見上の意味、道徳に焦点をあて、後者の態度は劇の構造に焦点をあてる態度である。前者の態度は、歴史劇においてイギリス軍が正しく、フランス軍が悪いことや、ロマンス劇において本物の姫君だけが本物の王子と結婚すること、あるいは、道化は滑稽で紳士は堂々としていることを知って安心する。後者の態度は自分だけに語りかけられる隠れた意味を追求することはなく、ただ劇的緊張だけを観察する。『尺には尺を』の最終場面において、公爵は正義の執行者としての役割を、ルーシオは無責任な悪口で道徳的に罰せられる役割を、それぞれ受け持っている。この場面でルーシオは公爵に叱責されても一向に平気で笑いをふりまき続ける。これはルーシオが観客の共感を十分に得て、この場面の劇的調和を保っていることを意味している。

さてつぎの段階では、喜劇の典型的な構造を述べるべきであるが、これは次章で行なうことにして、ここではロマンス喜劇におけるシェイクスピアの型の特徴を分類してみたい。〈大衆的〉と〈伝統的〉という二つの言葉はたがいに密接な関係をもちつつ、シェイクスピアと関連していることについてはすでに述べたとおりである。しかしながら、なぜ一定の伝統が大衆的であるかについては、まだ述べていない。この問題は、伝統の価値について論じる場合には、かなり重要な問題となる。そのためには、この二つの言葉の意味を補足して完成させるべき第三の言葉が必要になってくる。それは〈原初的〉という言葉である。

大衆的という言葉は、一般的に、一時的な流行を意味するが、これは流行がそれぞれの時代の社会的状況によって生み出されるからである。だがもっと恒久的な意味で、たとえば、ある作品がベスト・セラーであるというような意味ではなく、読書経験の少ない読者に対して、想像的経験の鍵を与えるという意味での、大衆的な作品もある。この意味で大衆的であるということは原初的な状態を持続することであり、刺激を自由に特殊な教育へと変える創造的な構想のことである。バーンズ(42)は大衆的な詩人である。だが、技法上とか、ベスト・セラーといった意味ではなく、彼が原初的な伝統をもった民謡や譚詩の実例を近代においても存続させ、提供してくれているという意味で大衆的なのである。ロングフェロー(43)も同じ理由で大衆的である。彼は譚詩やインドの伝説のような多彩な原初的要素を大衆化したからである。ある時代に大衆的であったものが、つぎの時代にはしばしば滑稽となり、そのつぎには古風で趣があるとなり、ついにつぎの時代には原初的とみなされる。ヴィクトリア朝に流行していたさまざまな芸術形態が、今日ではまさにこのサイクルを完成させつつある。

しかしながら、原初的という言葉は、時代遅れのことをいうのではなく、原始的な、起源時代や創世時代を示す言葉である。文学の起源を再構築することは誰にもできない。しかし戯曲研究家は、文学が言葉の魔術によって食料の供給を促進させようとする祭祀から発展、ないし継続したことを絶えず意識している。こうした原初的要素はギリシア時代のアリストテレスやローマ時代のリヴィウス[44]によって明確に認識され、戯曲とそれに関する記録は後の註釈家たち[45]によって保存された。なかでも特に有名で影響力の大きかったのはドナトゥスであった。『お気に召すまま』の主たる粉本の著者であるトマス・ロッジ[46]はドナトゥスのことを以下のように要約している。

文法学者ドナトゥスによれば、悲劇や喜劇は古代の知識豊かな先人たちによって生み出されたもので、その目的は、ただひとえに豊作と豊年をもたらす神を讃美することに他ならなかった。悲劇の第一義は神に感謝し神を賞讃することである。田舎では人びとが豊作に感謝して祈るが、私はこれを非難すべきではないと思う。しかし、さらに一歩進んでみよう。このような形で劇が生み出されたことはわかったが、やがてその時代が衰退して、もっと成熟した時代がくると、知性は未熟から円熟へと進み、人びとはこの形を無視して別の形を生み出した。神を讃美するためにソネットを発明し、多くの流民の非運や、不幸な姫君の悲惨な没落や多くの国々の破滅的衰亡を描いた。しかし彼らはこれに満足せずサテュロス[47]の生活を上演した。人びとは賢明にもサテュロスの名を借りて、自分の同胞の市民のさまざまな愚行をあばいたのである。

これを読めば、悲劇や風俗喜劇[48]はともに比較的に後世の、教育的で、洗練された戯曲形態であるという原理が確立されるであろう。喜劇が本質的に悲劇より大衆的であることには明白な理由がある。しかし、ジョンソン、コングリーヴ、ゴールドスミス、ショーの喜劇は必ずしも安定した支持を受けていたわけではない。彼らのほとんどが、観客がなにかもっと感傷的なもの、豪華なものを求めるといって、観客を叱責したことはよく知られている。観客に対する傲慢な態度の伝統は『十人十色』のプロローグから『シーザーとクレオパトラ』[49]のプロローグにいたる喜劇のなかに一貫してみられる。大衆的、原初的な形態の劇は、激しい動きにあふれた、ロマンティックなスペクタクルであり、メロドラマ的であろうと笑劇的であろうと（これらの要素を含めたことと、そのなかから雰囲気の統一性を作ることとは別のことである）踊りや歌、下品な会話、絵のような背景をふんだんに含んだものである。喜劇は悲劇よりも、このような原初的な形態をよく残しており、シェイクスピア型のロマンス喜劇は風俗喜劇に比較してはるかにこれをよく残している。

シェイクスピアが大衆に対して一貫してもち続けた態度は、彼がロマンティックなスペクタクルから遠ざかるのではなく、むしろそちらに向かったことと、彼の多くの実験がとうの昔に忘れられた古い作品の復活を目ざしたことである。こうして、重苦しい『コリオレイナス』とさらに陰鬱な『アセンズのタイモン』を完成させた後、シェイクスピアは晩年のロマンス劇のための伝統的な定型を探して、われわれから見れば新鮮味のない、単純きわまる『恋と運命の珍しき勝利』[50]とか、耐え難いほど反復的な『ミュセドラス』[51]といった本を読みあさっていたようである。『ペリクリーズ』にガウワーが登場するのは、ボッカチオからチョーサーにいたる十四世紀イタリア風文芸に興味をもっていたことの一端を示すものである。さらに、『冬物語』は、その物語が昔話や譚詩と類似しているといわれている。[52] シェイクスピアはボーモントとフレッチャーによって創始された新しい傾向に対抗しようとしたのだと主張する者もいるが、影響関係はむしろまったく逆であった。それはさておき、シェイクスピア独特の古風な作品への傾倒はボーモントとフレッチャーにはまったくみられないものである。

戯曲に対する識者や古典研究家の見解では、物語の統一には時の一致、場所の一致、社会階級の一致（同一の劇に王と道化を登場させないといったもの）、劇的世界の一致（物語展開の蓋然性を一定の水準に保っておくこと）が要求されるという。ジョンソンの『悪魔はロバ』[53]のような例外は、すべてパロディという形式をとるようである。シェイクスピアは、このすべてを無視したばかりか、意図的に、古いロマンスの渺茫たる世界に戻っていったのである。『恋と運命の珍しき勝利』[54]は、伝統にならってヨブに対してプロローグが述べられたのち、復讐の女神ティシフォネが神々の裁きの場に身を投げ出して始まる。この物語の天上と地上への直線的延長は『シンベリン』の最後の神託と顕現の場で繰り返されることになる。シドニーは『詩の弁護』のなかで、当時のロマンス劇の登場人物はある場面で幼児だと思ったらつぎの場面では立派な大人になっていると酷評しているが、『冬物語』はこれに応えるために書かれたかのごとくである。シェイクスピアは、フレッチャーが『誠実なる羊飼いの女』[55]（一六一〇）の序文で述べた、牧歌的悲喜劇においては、神は「合法である」という原理を十分に享受したのである。

四つのロマンス劇のすべてにおいて、演じられるか、語られるかの違いはあるにせよ、劇の展開のなかで幼児が大人になるところが描かれている。『あらし』では、正しいロマンス劇では物語の展開は十五年以内に終わらねばならぬという条件が満たされている。このことは冒頭近くのプロスペローのミランダに対する説明的で冗長なせりふのなかで示されている。(56) シェイクスピアはこの手法を初期の『間違いの喜劇』で使ったことがある。もしこの手法がここだけに限って使われていれば、われわれもそれを未経験による一時的な手段とみなすであろう。しかし、それが『あらし』で(それから『シンベリン』でも)もう一度使われると、われわれは多少好意的にみて、構造的な常套手段が知的に洗練された形で扱われているのではないかと考えるようになる。この場面の後『あらし』は時の一致を厳しく守っているため、時間は劇の進展とともに短縮されるかの様相を示すが、これは『ペリクリーズ』でガウワーを使ったのと同じく、観客を物語のなかに引き入れる新たな手法である。時が拡大して時代の経過をも含むようになることは――この主題は『冬物語』で強調されているのだが――逆説的にいえば、ロマンス劇が展開される、時のない世界という意識となんらかの関係があるように思われる。すでに述べたように『シンベリン』において、われわれが入って行くのはローマとルネサンスが同時に存在する世界である。そして、このような劇においては「むかしむかし」が時を表わす唯一の言葉なのだ。

シェイクスピアが古風で古めかしいものに対する好みを示すのは、後期のロマンス劇に限らない。『間違いの喜劇』は、われわれがルネサンス期のプラウトゥスの翻案から一般的に推定するものよりも、『エイミスとエイミロウン』[57]のような原初的な民話と共通する部分がはるかに多い。もうひとつの実験的喜劇『恋の骨折り損』にみられる一時しのぎの筋、矢つぎばやでときに悪意を含んだ機知問答と、たがいの冷やかし合い、強烈な個人諷刺などは、あたかもシェイクスピアがアリストファネス[58]の古典喜劇をエリザベス朝の舞台に確立しようとしたか、あるいは、規則正しい筋をもつ喜劇（アルグメンタム）に先だつ古代イタリアのフェスカニア劇[59]についてのリヴィウスの著作でも読んでいたかのごとくにみえる。『真夏の夜の夢』はわれわれをピールの『老妻物語』[60]やリリーの[61]『エンディミオン』の民話や妖精の世界に引き戻すし、『ウィンザーの陽気な女房たち』の平凡な中産階級の社会は、いつ頃始まったかわからないほど昔から伝わっている水責め、棒打ち、火責めの儀式[62]が大好きである。

このようなシェイクスピアの古風好みの傾向は、普遍的で世界的な戯曲的伝統との関係を確立しようとするものである。シェイクスピアは当時の劇にみられる偏狭で特殊なものはすべて無視して、人間ならば誰でも反応できるような原初的な戯曲構造を表に出そうとした。たとえば、五世紀のインドのカーリダーサ[63]の『シャクンタラー』に目を向けてみよう。ひとりの王が美しい乙女と婚約していた。ところが王は魔法使いに呪いをかけられて婚約を忘れてしまう。許婚者であることを認める指輪があれば王の記憶も戻るのだが、その指輪はガンジス河に落ちてなくなってしまう。だが、この指輪を魚が飲み、その魚を漁師がつかまえて……と話はこのように続く。ここには風俗喜劇を思わせるものはなにもなく、目にとまるのは『ペリクリーズ』や『シンベリン』との関連性だけである。シェイクスピアはメナンドロスを知らなかった。(64) しかし、『冬物語』の雰囲気は、彼が熟知していたはずの多くのメナンドロス系統のローマ喜劇よりも、ずっと神話や民話に近い『エピトリポンテス』のような作品におどろくほど似ているのである。これはある程度自信をもって言うことができるが、もしも考古学者が、ミノア文明やマヤ文明に栄えた戯曲を発見するようなことがあれば、それは決して『リア王』や『錬金術師』のような劇ではなく、きっと『ペリクリーズ』のような劇であろう。

雨乞いのまじないとして地面に水をまくような、いわゆる交感魔術(65)に基づく祭祀的行為は、ある意味をもつ行為を連続して行なうという点で戯曲と似ているが、その他の点では戯曲との共通点はさほど多くない。この種の行為は、通常、相互の間に明確な相関的意義をもつ物語ないし神話に伴うものである。そして、神話が祭祀を包括、包含するときに、戯曲という形態の文学が誕生するのである。ここでは祭祀の執行者は神話の役者へと代わる。神話は呪術から急速に離れてゆく。ここでの祭祀的行為は、自然の秩序に働きかけることをもはや第一義とせず、むしろ神話を象徴するためにとり行なわれる。いいかえれば、戯曲は呪術の再統合のなかで生まれたものであり、その遺産は『あらし』その他の作品のなかに受け継がれている。

呪術は、ヘブライその他の宗教においては、神的な力を、人間の段階、人間的枠組みのなかで再現しようとするものである。神が名を呼ぶとあらゆるものが姿を現わす。同じように呪術師が呪文を唱えるか、名前を呼ぶと自然の霊はそれに従わねばならない。しかし、戯曲は、いったん別の形で拒否した呪術を回復させる。ひとたび呪術が文学の一部になると、呪術は文学的機能を果たすようになる。だがそれは非人間的世界になにかを起こすのではなく、言葉を利用して、非人間的世界と人間的世界とを想像的に同化させることであり、これは主として、同一視と類推という二つの原始的な形で行なわれる。同一視と類推は、隠喩と直喩という形をとって文学のイメージのなかに再び現われることになる。隠喩という形は、日常経験の精神的範疇からいっそう遠ざかるばかりでなく、直喩の言葉よりさらに原初的で凝縮されたものである。両者の相違は経験的知識と理性の違いのようなものである。初期の段階において文学は宗教と密着していた。また、隠喩がもっとも明確な形で示されるのは神話体系のなかである。そこには人間の姿こそしているものの、太陽神、樹木神といった自然界のさまざまな一面と同一視される神々がいる。このような神々と結びついたイメージは、いうなれば、逆の意味で呪術なのである。それは、ミルトンをして、自然がリシダスの死を悼むといわせ、シェイクスピアをして、アネモネはアドーニスの血を盗んだと言わしめたたぐいの呪術なのである。

さて、文学一般の、とりわけシェイクスピアにおける伝統の重要性についてはすでに述べたが、そのときに、伝統がいかにして文学のなかで確立したかという問題については詳しく吟味しなかった。表面的にみれば、それは若い詩人がまわりの人びとをみならって自然に詩を書くように、一般的風習ないし流行のなかで確立されたといえるであろう。しかしさらに深く追求するためには、われわれは社会史から学びうるいかなる原理よりも大きい原理について考察する必要がある。十六世紀の若い詩人は、冷たい女主人に対する不満から書き始めるのが常であった。なぜかと問われれば、ペトラルカ(66)を経てプロヴァンスの宮廷恋愛詩(67)の起源に遡る伝統のせいだというほかはない。しかし、それでもまだ二つの問題が残っている。第一の問題はどのようにして伝統となったかであり、つぎは、多くの社会的変遷にもかかわらず、どうして六ないし七世紀間も大衆的人気を保っていたかである。

これに対する答のなかで当面関係があるのは、伝統が神話に由来することである。神話はもっとも純粋な形で、個人と自然事象との原初的同一性を保持している。それと同時に、神話は物語を語り、物語はそれ本来の呪術的機能から離れてゆく。セント・ジョージ劇(68)の登場人物は自分がトルコの騎士だとか、医者だとか、指物師のスナッグ(69)のようにライオンの前半分だとか名乗るだろう。だが彼は、「わたしたちは夏と冬の競い合いを演じているのです」とは決して言わない。もし言ってしまえば、神話は物語ではなくなり、正真正銘の呪術に戻ってしまう。だが、語られる物語がその下にある神話の輪郭にしたがって展開し、さらに、文学が発展してさまざまな形態をとり、文学独自の表現が生まれるにつれて、これらの神話的形態は伝統となり、叙事文学の全体的枠組みを形成するに至るのである。したがって、詩人は文学の伝統によって純粋で原初的な神話の同一性をある程度回復できるといえる。失われた楽園の神話は、牧歌の伝統となって文学に再現されるが、牧歌詩人は、伝統と神話の関係ゆえに、誰はばかることなく高度に凝縮された隠喩的イメージを自由に使用することができたのである。

ここで別の例をみてみよう。『マクベス』は殺人という道徳的犯罪を描いた劇ではない。これは、主に油を注がれて聖別された正統な王を殺すという、戯曲的伝統のなかの犯罪を扱った劇である。伝統は物語に祭祀的特質を与え、イメージには失われた呪術的要素を与えたが、このイメージによって、詩人は登場人物と自然の力を同一視することができるのである。正統の王は自然の「偉大な保証」のもとに王の地位を得ている。彼は神秘的な解決力を有しており、正当な地位と階級を守る自然界の万物とにつながっている。王位の簒奪者は混沌と暗黒のあらゆる力とつながっている。簒奪者の行動には奇怪、不吉な前兆がともなうばかりでなく、彼自身は虐政の化身となる。これは、マルカム[70]が正統な王位継承者となる以前に認識して、自分の心から追放しなければならなかった一種の悪霊でもある。

この劇の中核をなすダンカンの王権[71]について、このように神秘的で伝統的な要素に留意するならば、この作品のあらゆる言葉が、われわれの熟知しているあの巨大でぞっとするような悲劇的構造とぴったり一致する。この要素から目を離したために、トーマス・ライマーは残された混沌を正しく評価することができなかった。魔女たちはたちまち不自然にグロテスクな存在になり、「瘰癧《キングズ・エヴィル》」に言及したエドワード懺悔王についての言葉[72]は口先だけのおせじとなり、またマルカムとマクダフの会話[73]はたいくつで、当惑するほど長い脱線となってしまう。かくも凝縮度の高い劇においては、中途はんぱな手段など許されないのである。観衆の感動、詩的特質、細部にわたる現実的な問題、その他について、もしわれわれが伝統の受け入れを躊躇するならば、もはや楽しみの余地など残らないであろう。伝統を受け入れれば劇のすべてが正しく、拒めばすべてが間違いとなる。同じ原理は喜劇にもあてはまるのみならず、喜劇においてはさらにいっそう重要性を増す。ピープスは[74]『真夏の夜の夢』をみて、この作品は今まで書かれたどの劇よりも無味乾燥で、滑稽であると言った。これは彼が批評的判断力を欠いていたためではなく、ただ、伝統を受け入れることのできない人なら誰でも思うことを正直に述べただけのことである。

もちろん、伝統が神話に由来することだけでは、なぜ伝統が現在のような形になったのかを完全に説明することにはならない。だが、これによってその一面を解明できることは確かである。テレンティウスの『ヘキラ』とその奇妙な筋についてはすでに述べた。そこでは、夫が強姦された妻を許すのは、当の相手がほかならぬ自分であったことが判明したためである。どうしてこんな物語が語られねばならなかったのかという質問に答えることは——たとえ可能だとしても——容易ではない。しかし、すべての回答は、まず、あらゆる時代、あらゆる文化にみられる口承文学のひとつの特徴である、中傷を受けた妻の伝統から始めねばならないだろう。『ヘキラ』にみられるこの特異な形をもった物語は、明らかに本来は神ないし神の代理人によって妻が強姦されるという物語を凝縮、合理化したものである。『ヘキラ』を見た観客は、この物語のさほど転位されない形をプラウトゥスの『アンフィトルオ』[75]に見ることができたであろう。さらに、時代が下ってもこの物語はいっそう強化され、たとえばジョセフ[76]の嫉妬のモチーフなどでも、盛んに使われている。『空騒ぎ』にも同じように妻の中傷という主題がみられるが、シェイクスピアは、ヒアローが劇中で死に、再生することを強調して、これをさらに原初的枠組みに近いものとしている。「ひとりのヒアローは傷ついてここに死ぬけれども、私は生きるわ」[77]。彼女はこう語る。シェイクスピアの主題の扱い方は、すでに述べたインドの『シャクンタラー』に近い。そこでは、女主人公は恥辱を受け、中傷されたのちに天国へ運ばれ、王はそこまで彼女を連れ戻しに行かねばならない。

問題劇については、まず第一に神話に由来する伝統という見地から考えねばならない。『終わりよければすべてよし』の「問題」[78]は、女性がいかにして男性を得るかというバーナード・ショー的な社会問題ではなく、ヘレナが、自分の原型プシュケ[79]と同じく、いかにして三つの難問を解くかである。第一は王の病気を治すことであり、第二はバートラム自身の子供をもうけることであり、最後はバートラムの指輪を得ることである。そして『シャクンタラー』[80]同様に『終わりよければすべてよし』においても、この指輪が彼の心を真実に目覚めさせる確認の護符となるのである。しかし、まだ問題は残っている。彼女のあらゆる行動はひたすらバートラムを得るためになされたのかということである。しかしこの種の疑問はわれわれが、劇が終わった後も、劇中のバートラムがそのまま続くと考えているために出てくるものである。ここでは、リチャードソン[81]の『パミラ』のように、かなり原初的な反応が求められていると考えるべきである。『パミラ』では、四百ページにわたってもっとも邪悪で恐ろしい悪人であったB氏が、婚姻届に署名したとたんに、優しくいとしい夫に変身するのである。

同様に、『尺には尺を』においては、イザベラの清純さ――これはロマンスにおいては常に魔法の力をもっている――が、アンジェロの誘惑を退けた後に、いかにして冒涜されたジュリエッタ[82]と、恋人に捨てられたマリアナ[83]の二人を救うかが問題になっている。それはイザベラをヘッダ・ガーブラー[84]やアン・タナー[85]よりもディラン・トマスの長い足のおとり[86]に近づけるたぐいの問題である。繰り返すが、イザベラは決してわれわれのお気に入りのシェイクスピアの女主人公などではなく、闘争的な純潔さ――これはめったに好感をもたれることはない――これが彼女の戯曲的役割であり、彼女が達成すべき条件なのである。だが、彼女がやさしい女主人公ならば、ピンチワイフ[87]がペトルーキオのまねをしてもとても達成できないのと同じように、この探求を成し遂げることはできないであろう。シェイクスピアが主たる粉本としたウェットストン[88]の『プロモスとカッサンドラ』においては、イザベラに相当する女性は兄を助けるためにみずからの純潔を犠牲にしたあげくにだまされるのである。

『シンベリン』は「おおさわぎ《マッチ・アドゥ・アバウト・エヴリシング》」という副題をつけてもよさそうな作品だが、問題劇を神格化したものである。これは『空騒ぎ』の中傷された女主人公の主題と、『終わりよければすべてよし』の、主人公の不誠実な友人の追放の主題と、『尺には尺を』の治政の混乱と浄化の主題、その他多くの主題を組み合わせたものである。登場人物の名前までもが奇妙に『空騒ぎ』の人物と似た響きをもっている。『シンベリン』にはイモジェンと婚約しているシシリアス・レオナタスが登場するが、シェイクスピアが使った粉本ではイノジェンという名前になっている。『空騒ぎ』にはシシリーのメシーナの知事レオナートが登場するが、彼の妻は、せりふは一行もないが、その名をイノジェンという。レオナートという名前は『冬物語』のシシリア王レオンテスと似た響きをもっている。反復それ自体にはほとんど意味はないかもしれないが、ロマンス劇には空間的アナクロニズムとでも呼ぶべき手法があって、そこでは地中海と大西洋の背景がたがいにその頂点で重なり合っているように思える。事実、バーミューダ島のイメージは『あらし』の島のイメージと重複しているのである。ことに、そこにはイギリスのイメージと牧歌におけるシシリーやアルカディアのイメージとを混合したような伝統があるが、これはジョンソンの『悲しき羊飼い』[89]のプロローグで言及され、『コウマス』[90]や『リシダス』[91]にも顕著にみられるものである。

同じような重複の手法は時間的にも使われ、原始時代のウェールズやローマ時代のイギリス、イタリアのローマなどがひとつに組み込まれている。『シンベリン』はいくつかの注目すべき歴史劇と、多少のかかわりをもっている。歴史劇は、シェイクスピアの作品のなかでも主要なジャンルであったが、『ヘンリー五世』を最後に一旦消滅し、詩人の真作の最後といわれ、しかもいろいろと疑問も多い『ヘンリー八世』になってやっと復活したようにみえる。とはいえ、シェイクスピアの観衆にとって、イギリスの歴史は、『トロイラスとクレシダ』の背景となっているトロイ戦争から始まり、リアやマクベスをも含むものであった。『ハムレット』でさえ、デーン人によるイギリス支配の時代と、漠然とではあるが、つながりをもっている。ジョン王の時代よりも古いイギリスを扱ったこれらの劇に代わるものとしては、ローマやプルタルコス[92]の劇があるが、これもまたシェイクスピアの観衆にとっては、同じトロイの末裔である兄弟国を扱った歴史なのであった。『シンベリン』においては、二つのトロイを祖とする国家の和解が中心的主題となっているが、これはあたかも『トロイラスとクレシダ』に始まった二組の流れの結末を意味するかのごとくである。

この和解の主題を選んだ理由のひとつは、シンベリンがキリストと同時代のイギリスの王だったためかもしれない。舞台の外では人間の運命を左右するような事件が起きていることを『シンベリン』から読みとらねばならない。一般的には外部的事情を考慮して何かをシェイクスピアから読みとることは、習慣として確立されたものではない。それでもなお、ことさら神託めいた言葉を口にする牢番はわれわれの注目を集めずにはいないのである。彼は、他の世界のことなど知るはずもない人物であるが「みんながひとつの心になって、しかもいい心でひとつになって欲しいものだ」[93]と述べる。さらに、最後の場面に何度も出てくる「平和」という言葉と、オーガスタス[94]に貢ぎ物を送るという約束は、全世界が税金を払わねばならぬという皇帝の勅令《ディクリー》と、キリストの誕生の物語の始まりとなる神意《ディクリー》に一致するものである。しかし『シンベリン』は、厳密にいえば、歴史劇ではない。これは純粋な民話であり、つぎのような特徴をもっている。残酷な継母とその愚鈍な息子、中傷された乙女、行方不明になって洞窟で養父に育てられる王子たち、この作品の場合には逆に主人公を苦しめることになる確認の指輪、偽の不貞の証拠を見せる悪漢と、同じく偽の殺人の証拠を見せる忠実な召使い、それに、夢、予言、徴候、前兆、驚きなどがきらめくばかりに展開される。

この劇を見て直ちに気づくのは、登場人物のおどろくほどの盲目《ブラインドネス》ぶりである。イモジェンはミルフォード・ヘイヴン[95]への旅をつぎのような言葉で始める。

　私は目の前を見ているだけ、あっちやこっちや、ずっと先のほうは
　霞にかすんだようにぼおっとして見とおすことなどできやしない[96]。

ルシアスは、絶対に勝利をおさめると確信していた戦いの形勢が逆転するとつぎのようにいう。

　戦争の混乱は盲同然、いつどこで味方どうしが
　殺しあいをはじめるかわかりはしない[97]。

そして牢番はポスチュマスに、死後の行く先についてはほとんどなにもわからないという。これに答えてポスチュマスは「いや、この旅には、だれでも自分の目という案内人をもっている。ただそれをつぶって役立てようとしないだけだ[98]」という。しかしながらポスチュマスが信じている

のは『空騒ぎ』のクローディオが信じているよりもっと馬鹿げた話なのだ。悪知恵にたけた王妃は、クロートンに求婚の微妙さについて教えようとして、空しい努力をし、ベレーリアスは養子の息子たちに、まだ見ぬ世界に幻想を抱かぬようにと悟す。自由に選ぶことを示す「選択」という言葉が数回にわたって使われているが、誰も十分考慮して選択しているようにはみえない。名誉とか威信を表わす「高貴《ノート》」という言葉もそこここに聞こえるが、名誉は容易に確立されそうもない。というのも、「この世の天使である敬意」(99)は、意志薄弱で妄想に陥ったシンベリンの義理の息子クロートンの愚行にもっぱら焦点を合わせるような設定になっているからである。ロマンス劇ではみなそうであるが、『シンベリン』においても人間的な幅は狭い。ポスチュマスの嫉妬はオセローとは違って、気むづかしく短気であり、王妃はマクベス夫人とは違って、さもしいほど不謹慎である。

この劇において、あらゆる点でもっとも知的なのはイモジェンで、彼女は終始無意識の圧力とでもいうべき雰囲気に包まれている。この劇の情緒的なクライマックスは、眠れるイモジェンを起こすときと、埋葬しようとするときの二つの歌の場面であるが、いずれの場合もイモジェン自身はまったく知らないうちに歌われる。朝の歌は、ヤーキモーが侵入したとは知らずにぐっすり眠っているイモジェンのために、クロートンに頼まれた楽師たちによって歌われるものであり、葬送歌は、仮死状態になっているイモジェンがポスチュマスの服を着たまま首をはねられたクロートンの死体と並んで横たわっているときに、実の妹とは知らぬ二人の兄によって歌われるものである。『ペリクリーズ』では、マリーナの不思議な純潔の力によって売春宿の危険から無事に脱出できるという感じがするが、少なくとも彼女にはそれが危機であることが分かっていた。(100)別の言い方をすれば『ペリクリーズ』には『シンベリン』ほどの劇的なアイロニーがないのである。もちろん『シンベリン』の複雑なアイロニー自体は牧歌的ロマンスの慣習的な伝統である。この世界では、登場人物よりも多くのことを知るという素朴であどけない喜びが、絶えず作者によって求められている。しかし、人間の意志が人を誤った方向に導くものだということもかなり強調されていると思えるが、こちらは牢獄の場面のクライマックスを形成している。

この場面では、われわれにとっては初対面であるが、物語の展開上ははるかに古い時代に属する大勢の人びとが登場する。彼らは素朴で乱れた韻文で話すが、これは『ペリクリーズ』においてガウワーの韻文が果たすのと同じ役割を果たし、同時に、われわれがなにか伝統的で古風なものと直面していることを示している。彼らは死の国から訪れた亡霊で、姿は見えないが物語の目撃者であり、いま、このような混乱を許しているジュピターの知恵を告発し、証人としてわれわれに語りかけるために登場するのである。ジュピターは、実際われわれが見てきたことの意味を説明し、巧妙でしかも情にあふれた配慮がなされており、人間たちがこれをつぶそうとして愚かしい努力をしても無駄だと語る。この場面のすぐ後には、対位法による一大傑作ともいえる確認の場面が続き、そこでは多くの謎や、変装や、誤解のなかから真実が発掘される。物語のありとあらゆる混乱のなかからひとつの簡単な結論が生まれるが、そこには地上の平和と人類に対する善意ときわめて近い響きがある。さて、『シンベリン』とそれ以前の問題劇との相違は、登場人物のあらゆる間違いのなかを祝祭的結論へと導く、問題解決力とでも呼ぶ力が、ここではジュピターと呼ばれる神の摂理とあきらかに結びついている点である。ジュピターは『尺には尺を』の公爵とおなじく、作者の職人気質を反映したものである。つまり、『シンベリン』と問題劇との相違は、『シンベリン』は劇的な展開に宗教的な寓喩をつけ加えていないという点である。それに代わって『シンベリン』では、問題劇には潜在的にしか見られなかった原初的で神話的な次元が付け加えられている。『シンベリン』は『空騒ぎ』ほど宗教的な劇ではない。これは、戯曲的構造において、技術的な興味を大いにそそる非常に理論的な作品なのである。

最後に、この章の題名と次の章の主題について簡単にふれておきたい。あらゆる神話は二つの極を有している。ひとつは神的なものであれ人間的なものであれ、とにかく人間的な要素をもつもので、もうひとつは自然的なものである。その例は、ネプチューンと海、アポロと太陽にみられる。海や太陽の世界が自然のひとつの秩序と考えられる場合には、この両極の一方には、自然の機構を支配する神あるいは呪術師がきて、もう一方には、自然の機構自体がくる。悲劇、アイロニー、写実主義文学は、自然の機構の内側から人間の状態を見るのに対して、喜劇やロマンス劇は、この機構を支配する影の人物を探し出そうとする傾向をもつ。ベン・ジョンソンが、自然を恐れ、自然から逃避するような劇作家を非難するときに、われわれは彼の意図するところをよく理解できる。だが、彼が「私の劇では、架空の物語や嵐やその他馬鹿げた話を作り出して、自然に挑戦することなどまっぴらだ」と言うとき、われわれはその言葉の逆転ぶりに当惑するのである。とはいえ、これによって彼が暗に比較の対象としているのがシェイクスピアであることが判明するのであるが……。

ジョンソン自身の牧歌的ロマンス劇としては、大変すばらしいが不幸にも未完に終わった、『悲しき羊飼い』という作品がある。(101) ここにはロビン・フッド、パック、シコラクスのような人物、それに魔女のモードリンなどが登場する。モードリンは魔女の伝統的な役割を果たして嵐を起こし、「自然界の耳という耳をさわがせてやるのじゃ」と叫ぶのである。ここには自分の愛する女性が死んでしまったと思って絶望している恋人が登場するが、彼は、恋人の純潔は『コウマス』の姫の純潔とおなじく、魔女モードリンの手の届かない高度の自然の秩序と密接な関係があると主張する。このように、秩序が魔女の力によって脅かされることはあっても決して根本的に乱されることはないとする自然観は、シェイクスピアのロマンス劇にもみられるものである。ジョンソンにはなく、また彼がもとうともしなかったもので、シェイクスピアがもっていた自然観としてはつぎのようなものがある。すなわち自然はたんに秩序のみならず支配力も有し、超自然的であると同時に先天的であり、舞踏の形でもっとも適切に表現され、善意の人間による呪術ないし神の意志によって支配されるというものである。とりわけプロスペローは自然に挑戦するという言葉にもっともふさわしい人物である。彼はまるでペトルーキオがキャタリーナを扱うように、精霊や自然をあやつる。この後の二つの論文では、シェイクスピアの自然神話と、命令される側の目に見える合理的秩序ではなく、命令する側の神秘的人物の力にいかに力点がおかれているかについて、もう少し詳しく述べてみたい。妖精の王たちによって見せられていた世界が森の妖精たちの手でふたたび逆転した後、いくぶん当惑したシーシュースもつぎのように述べている。

そのような魔術は強い想像力をもっているので、
ただある喜びを感じたいと思うだけで、
たちまちその喜びを仲介するものを空想する。(102)

第二章　注

（1）一五九九年から一六〇二年頃までに起きた詩人、劇作家たちの論争。一五九九年に『ヒストリオマスティクス』*Historiomastix* でマーストンがベン・ジョンソンを諷刺したのがきっかけとなり、同年ジョンソンが『十人十色』でこれに応酬、さらに翌年『月の女神の饗宴』*Cynthia's Revels* でデッカーを攻撃し、一六〇一年には『へぼ詩人』*The Poetaster* で両者を槍玉にあげた。これに対してデッカーがマーストンと協力して『サティロマスティクス』*Satiromastix* を書き、ジョンソンに応酬した。

（2）*The Poetaster*　この作品でジョンソンはみずからをホラス（ホラティウス）、マーストンをクリピナス、デッカーをデメトリアスとして登場させ、ローマの宮廷で詩才を競わせ、両者を語法と作劇法の拙劣さのために処罰させる。

（3）デッカーとマーストンを指す。

（4）『へぼ詩人』プロローグ。

（5）『トロイラスとクレシダ』プロローグ二二―五行。

（6）*Fanny's First Play* は一九一一年初演、一四年出版の三幕戯曲。ファニーという聡明な伯爵令嬢が匿名で処女作を発表する話。劇の主題は、権威や義務の束縛を脱し、自分の意志に基づいて正しく行動することは、たとえ失敗しても、人間を鍛える道であることを主張したもの。

（7）シェイクスピアは友人まで含めて多くの人びとに遺産を残したが、妻のアンには、二番目に良いベッドしか残さなかった。このために伝記作者の間では、二人の夫婦関係についてさまざまな論議がある。

（8）Charles Jasper Sisson（一八八五―一九六六）イギリスの文学者。ロンドン大学教授を経てシェイクスピア研究所副所長。エリザベス朝劇に関する多数の論文の他に、シェイクスピア一巻本全集を編集した。

（9）一五九〇年代の終わりから一六〇〇年代の初めの数年間をいう。シェイクスピアは全部で一〇の悲劇を書いたが『タイタス・アンドロニカス』*Titus Andronicus* と『ロミオとジュリエット』*Romeo and Juliet* を除くすべてがこの時期に書かれている。

(10)『アセンズのタイモン』第一幕第一場四四—五〇行。

(11)『ウィンザーの陽気な女房たち』*Merry Wives of Windsor* 第四幕第一場におけるラテン語文法の授業風景のこと。神父のサー・ヒュー・エヴァンズがペイジの息子ウィリアムにラテン語を教える喜劇的な場面だが、この場面全体が全体のストーリーとは無関係に挿入されている印象があるため、多くの議論がある。

(12)『マクベス』*Macbeth* 第五幕第七場九八行。

(13) Thomas De Quincey（一七八五—一八五九）イギリスの批評家、随筆家。『アヘン吸飲者の告白』*Confessin of an English Opium Eater*『イギリスの郵便馬車』*The English Mail Coach* はその代表作。

(14) 一八二三年十月『ロンドン・マガジン』に載った「マクベスにおける門を叩く音について」On the Knocking at the Gate in *Macbeth* というエッセイのなかでドゥ・クィンシーは、まずダンカン王の殺害によって『マクベス』の劇的雰囲気が「悪魔の世界」に変ずる劇的効果を説明したあと、それに続く戸をたたく音は「人間的なものが悪魔的なもののうえに逆流してきて、生の鼓動がふたたび打ちはじめる」しるしだと述べている。

一方コウルリッジはこれとはまったく違った見解をとり、第二幕第三場の門番の独白とそのあとの三つのせりふは、シェイクスピアの同意を得て、だれかが観客を笑わせるために書き加えたものであり、それが観客に受けたために、別の作品を書いていたシェイクスピアが急いでつぎのくだりを加筆したと主張する。

「もう地獄の門番はやめだ。この永劫の焚き火めがけて、桜草の小道を、うつつぬかしてやってくる手合いは、誰でも商売かまわず、一人二人と、かたっぱしから入れてやろうってつもりだったんだが。」(第二幕第三場二〇行)

コウルリッジによれば、この一節以外の門番のせりふにはいつものシェイクスピアらしい詩才がまったく感じられないという。

(15)『ペリクリーズ』第四幕第六場。

(16) ヴィクトリア時代には、シェイクスピアを詩聖としてばかりでなく、高徳な道徳家として扱う傾向が強かった。その結果、シェイクスピアのテクストからも下品な部分や不道徳な部分は削除され、それらはすべて共作者、ないし改作者のせいとされた。有名な共作者として、『タイアの王子ペリクリーズの痛ましき冒険』の作者ジョージ・ウィルキンズや、最近ではジョン・デイの名があげられている。

(17)多くの学者がピールをシェイクスピアの共作者とみなしている。特に『ヘンリー六世・第一部』に関しては多くの学者が共作説を支持している。ドーヴァー・ウィルソンは『ヘンリー六世・第三部』を、ピールの原作をシェイクスピアが改作したものとみている。他に『タイタス・アンドロニカス』にピールの加筆をみる学者もいる。

(18)John Fletcher(一五七九―一六二五)イギリスの劇作家。ボーモントと共作して晩年のシェイクスピアの強敵となった。シェイクスピアとの共作関係には不明な部分が多いが、少なくとも三作あるとされている。このうち『ヘンリー八世』と『二人の貴紳士』は現存するが、他の一作は不明。

(19)悪霊や魔術の支配者。『マクベス』においては、魔女たちに対して自分が無視されたことを非難し(三幕五場)、あるいは彼女らの魔法を賞讃する(四幕一場)。ギリシア神話ではペルセーイスとも呼ばれ、古くは大地の女神として人間に恩恵を与えると考えられたが、後に地下の地獄に関係するとみなされるようになり(三幕五場)、人間界に冥界から悪魔や幽霊を送り込むと信じられた。

(20)Francis Beaumont(一五八四―一六一六)イギリスの劇作家、詩人。一六〇八年から五年間にわたってフレッチャーと共作した。のちの二折本全集(F_1一六四七、F_2一六七九)には二人の作者の区別がないため全五二編がすべて合作との印象を与えるが、明確な共作は『フィラスター』など数篇にとどまるといわれている。

(21)『トロイラスとクレシダ』の四折本には二種類の表紙があり、三部現存している版(QA)には、国王一座によりグローブ座で上演したと記されているにもかかわらず、十一部現存している版(QB)では、その箇書が全部抹殺されたばかりでなく「編者より読者諸賢へ」と銘打たれた書簡が付けられている。そこでは、この劇は新作で上演されたこともなく、したがって一般大衆の下卑た讃辞を受けたことはないこと、この作品は喜劇的であり、知的面白さを特徴としていることなどが述べられたあと、この出版は、読者の熱望に応えて、正当な所有者から不正手段によって入手して行なう旨の、いかにも恩着せがましい、自己宣伝的な言葉で締めくくられている。
(22)『十二夜』第五幕第一場四二〇行、フェステの歌の文句。
(23) **William Faulkner**（一八九七—一九六二）アメリカの小説家。
(24) **Graham Greene**（一九〇四—一九九一）イギリスの小説家。
(25) フィールディングの小説『トム・ジョーンズ』*The History of Tom Jones, a Foundling* の主人公。
(26)『トム・ジョーンズ』の登場人物。実はトムの異父弟なのだが、幼い頃はトムが孤児として育てられていたため、二人はその事実を知らない。二人の性格は正反対で、トムが腕白だが人なつこい純真な気だてのやさしい性質であるのに対して、ブライフィルは卑屈な偽善者として描かれている。
(27)『ヘンリー六世』の登場人物。パテーの戦いで開戦前に逃げ出して、ガーター勲章を剥奪される。ヘンリー五世に従軍してフランスに遠征した実在の軍人 **Sir John Fastolf**（一三七八—一四五九）をモデルにしたといわれる。十七世紀にはフォールスタッフと同一視され、今日でもいくつかのテクストではフォールスタッフとなっている。
(28) 中世の秩序体系のなかで万物を目に見えぬ絆で結ぶと考えられた鎖で、神の玉座から最下位の無生物まで連なると考えられた。
(29) ダンテはフィレンツェの政変に巻き込まれ、ミルトンも内戦とこれに続く王政回復の嵐の中で辛酸をなめた。ダンテの『神曲』やミルトンの『失楽園』など代表的作品は、詩人たちが事実上追放の状態で書かれた。
(30) 北米インディアンが病気回復、狩猟の成功などを祈る儀式。
(31)『トロイラスとクレシダ』第一幕第三場。ユリシーズが、階位や秩序について熱弁をふるう。
(32)〔ギリシア神話〕アイオリア島に住むアイオロスは、吹く風を袋に詰めてこれを止めたと伝えられる。
(33)『トロイラスとクレシダ』第三幕第三場一四四—九〇行。ユリシーズは第一幕における宇宙論と同じく時間論を引用することによって、礼を失せずアキリーズを戦場に出そうとする。
(34) **Bert Brecht**(一八九八―一九五六)ドイツの劇作家、詩人。表現主義を経た新即物主義的スタイルで現実に対する呵責なき批判と諷刺を劇化した。
(35) **Mathew Arnold**(一八二二―八八)のソネット。**Others abide our question**
(36) **Gustave Flaubert**(一八二一―八〇)フランスの小説家。冷厳な観察、精密な描写、客観的な表現をめざし、非個性と無感動を標榜し、写実的な手法と文体を確立した。
(37) **Publius Terentius Afer**(前一九五―一五九)。ローマの喜劇詩人。アフリカに生まれ、奴隷としてローマに来てのち解放されたという。前一六六年に処女作『アンドロスの女』で成功。作風は軽妙で大体が上品であり、当時の社会でも愛好されよく上演された。主な作品には、『兄弟』*Adelphi*『わが身を責める男』*Heauton Tinormenos*『フォルミオ』*Phormio* 等がある。
(38) **Harry Sinclair Lewis**(一八八五―一九五一)アメリカの小説家。アメリカの因襲的な中産階級を描いた作品が多い。なお『大通り』*Main Street* は彼の出世作である。夢と理想を抱いた女性が、中西部の田舎町の平凡な開業医と結婚して町に住みつくとともに、狭い土地の因襲と戦い、文化的で人間的な町にしようと奮闘するが、結局は町と妥協する。
(39) *Alexander's Feast* は、アレグザンダー大王の第二回ペルシア遠征に題材をとった頌詩。大王は音楽家タイモセアスの奏でる音楽に魅せられてペルセポリスの王宮を炎上させる。壮麗な音楽的な調べをもって有名な作品。
(40) **Marcel Proust**(一八七一―一九二二)フランスの小説家。代表作『失われた時を求めて』は、フランス心理小説中の最高傑作とみなされている。
(41) **Henry Purcell**(一六五九―九五)イギリスの作曲家。王室礼拝堂附オルガン奏者。イギリス人の間では偶像的に尊敬されている。
(42) **Roert Burns**(一七五九―九六)スコットランドの詩人。祖国を愛し、真情を吐露した作品が多い。スコットランドに古くから伝わる民話や民謡に手を加えた作品も多く残している。
(43) **Henry Wordsworth Longfellow**(一八〇七―八二)アメリカの詩人。健全な人生観に分かりやすい表現を与えた詩が多く、広く愛読された。また、ヨーロッパ滞在中に研究した大陸各国の民謡を、巧みな翻案、翻訳によって広く紹介した。

(44) **Titus Livius**（前五九―後一七）ローマの歴史家。『ローマ建国史』一四三巻（うち三五巻が現存）を著し、ローマ建国から前八年までのローマ史を編した。黄金時代のラテン文学の白眉と称される。

(45) **Aelius Donatus**（四世紀頃）ラテン文法学者。大・小の文法書は中世における代表的文法書であった。

(46) Tomas Lodge（?一五五八―一六二五）スコットランドの作家、旅行家。ゴッソンらの演劇攻撃論に応酬して『詩、音楽、舞台劇の弁護』*A Defence of Poetry, Music, and Stage Plays* を書いた。作品は小説、戯曲、詩、批評など多方面にわたっているが、『お気に召すまま』の原典とされる『ロザリンド』*Rosalynde*（一五九〇）は有名。

(47) 古代ギリシアでは悲劇三部曲のあとにサテュロスの神のかっこうをした合唱隊によるコーラスを含む一種の狂言劇が上演された。サテュロス劇とも呼ばれ、主として古代伝説を題材とした。

(48) **Comedy of manners**　イギリス喜劇の一類型。G・エサレジを創始者としてW・ウィッチャリ、R・コングリーヴなどが代表的作家。特にコングリーヴの『浮世の習い』*The Way of the World* は有名。モラルとか情熱を描く代わりに、主として社会生活の風俗・因襲などの愚かさを遊離的に取り扱った。非常に理知的で、しかも軽妙洒脱をきわめ、野暮無粋はもっとも嫌われ、「ソフィスティケイション」を特徴とする。その後一時は衰退したといわれるが、シェリダン、ゴールドスミス、ワイルド、モームなどの劇はあきらかにこの流れを汲んだものである。

(49) ショーの五幕の戯曲。シェイクスピアの『ジュリアス・シーザー』あるいは『アントニーとクレオパトラ』に対して、現代人の目から見て合理的なシーザー、クレオパトラを描いたもの。シーザーは五二歳の常識の発達した社会人、クレオパトラは一六歳の野蛮な情熱をもつ小娘として描かれている。

(50) *The Rare Triumph of Love and Fortune*　一五八二年にダービー伯一座によって上演された劇。

(51) *Mucedorus*　エリザベス朝時代に人気のあった作者不明の劇で一五九八年に出版された。長年シェイクスピアの作品ではないかとの議論があったが、今日ではほぼ否定されている。

(52) 悲喜劇的傾向のこと。悲喜劇とは悲劇から人物、状況、感情、緊張感、危険などを借用するが、その行動、苦悩、筋、悲嘆、死は受け入れない。悲劇に近接する深刻な問題を扱いながら、笑いのうちに急転して、幸福な結論にいたるロマンティックな劇。

(53) *The Devil is an Ass*　ベン・ジョンソンの喜劇。欲に目のない馬鹿紳士が詐偽師に翻弄される。当時のいかさま商売、迷信、流行などの世相を諷刺した作品。

(54) 復讐の三女神の一人。とくに肉親に対する罪の復讐をつかさどる。

(55) *The Faithful Shepherdess*　フレッチャーの牧歌劇。亡き恋人を忘れない「真情の女羊飼い」フローリンとそれを恋するシーノットをはじめ、何組かの男女の恋のもつれを牧歌的情緒のなかで描いている。

(56) 『あらし』第一幕第二場五三行。このせりふのなかで、この物語の発端が一二年前の事件であることが言及されている。

(57) *Amis and Amiloun*　十二世紀末のフランスの武勲の歌のひとつ。十三世紀に英訳された。エイミスとエイミロウンのおどろくべき友情を主題とする。

(58) **Aristophanes**（前四四八—三八〇頃）アテネ最大の喜劇詩人。時事問題に対する諷刺戯画を得意とし政治的色彩の強い作品を残した。

(59) 古代エトルリアの都市フェスカニアの神祭で行われた劇。

(60) 古い民話と牧歌的なロマンス劇との微妙な混交を示す作品として有名。魔術師に捕えられた妹デリアを救い出そうとする兄弟もまた同じ魔手におちるが、騎士ユーメニデスの尽力で全員が救われる。第一章注(39)参照。

(61) John Lyly（一五五四?—一六〇六）イギリスの劇作家。『エンディミオン』はレスター伯を諷したものといわれる。

(62) フォールスタッフは籠のなかに入れられたまま水中にほうりこまれ、女房たちにさんざん棍棒で打たれ、最後に妖精に扮した子供たちにローソクであぶられて仕置きされる。
(63) Kalidasa（四世紀頃）インドの劇作家、詩人。インドのシェイクスピアと呼ばれ、神話、伝説、恋愛、自然に取材した作品を残した。『シャクンタラー』はその代表的な詩劇。第一章注(92)参照。
(64) Menandros（前三四二（四一）―二九一（九〇））ギリシア後期の喜劇作家。従来の喜劇が好んで扱った神話などよりも、人間の日常生活や市井の瑣事を主題としたものが多い。
(65) 二人の間の交感的関係により離れていても相互に影響を与え得るという信念に基づいて行なう魔術。ロウ人形に針を刺して相手を呪うなど…。
(66) Francesco Petrarca（一三〇四―七四）イタリアの詩人。彼の恋愛詩はラウラという女性をうたったものがほとんどで、美しい自然の背景や古典神話からえたイメージのなかで、恋へのあこがれや厭世的気分が優美にうたわれている。
(67) 南仏プロヴァンス地方の吟遊詩人による抒情詩がその代表。満たされぬ恋の苦悩と絶望を官能的な言語と高度に技巧的な詩形を駆使して歌い上げる抒情詩をその精華とし、詩中、女性の価値を偶像視とみえるまでに称揚し、近代的恋愛の観念を初めて確立した。
(68) 中世イギリスの土俗劇の一種。剣舞から発達したもので、通常最初に大勢の剣士が出て幾組かの決闘が行なわれる。その後医者が登場し、死者を蘇生させるというのが定型である。古い歳が死んで、春の復活を祝う豊穣の祭祀の象徴とみなされている。
(69)『真夏の夜の夢』に登場する指物師。劇中劇『ピラマスとシスビ』のライオンを演ずる。
(70) ダンカン王の長子。王の死後イングランドに逃れるが、マクベス打倒の兵をあげて目的を果たす。
(71) マクベスに殺害されて王位を奪われるスコットランドの王。
(72)『マクベス』第四幕第三場一四六―五八行。
(73)『マクベス』第四幕第三場。マルカムがマクダフに対して、復讐を果たして、王位につくだけの資質が自分にあるのかと悩みを打ち明ける場面。
(74) Samuel Pepys（一六三三―一七〇三）イギリスの日記文学家。日記は複雑な速記法で書かれ、一六六〇年一月一日から約十年間に及んでいる。

(75) プラウトゥスの喜劇。ゼウスがアンフィトリュオンの姿に身を変じて、妻アルクメネの寝所に入り、彼女と交わったが、ついで真のアンフィトリュオンもまた帰還し、かくてゼウスによりヘラクレスが、アンフィトリュオンによりイフィクレスが生まれる。

(76)〔旧約聖書〕「創生記」第三七章以下に登場する。後にもC・J・ウェルズ、トーマス・マンなどがこの主題を扱っている。

(77)『空騒ぎ』第五幕第四場第六三行。

(78) 亡くなった名医の娘で、王の力ぞえで、恋するバートラムと結婚するが、夫に逃げられる。しかし、彼女は最後まで希望を失わず苦労の末夫の愛を取り戻す。

(79) プシュケの夫エロスは夜しか姿を現わさなかったために、プシュケは姉たちにそそのかされ夫の顔をみてしまう。怒ったエロスは彼女を捨てるが、プシュケはアフロディーテの神殿で女神に課せられた課題を成し遂げて夫の愛を取り戻す。

(80) ルーションの伯未亡人の一人息子で、ヘレナの夫。

(81) **Samuel Richardson**(一六八九―一七六一)イギリスの小説家。『パミラ』はその処女作。パミラは主人の息子で不品行なB氏に挑まれるが貞操固くこれを斥ける。後にB氏は前非を悔いて正式な結婚を申し込むので、彼女は周到な振舞によって周囲の反対をやわらげ、結婚する。

(82) イザベラの兄クローディオの恋人で、彼の子を宿して投獄されるが公爵に救われる。

(83) アンジェロの昔の恋人。イザベラの代わりにアンジェロと一夜をともにする。

(84) **Hedda Gabler** ヘンリク・イプセンの戯曲『ヘッダ・ガーブラー』の主人公。

(85) **Ann Tanner** バーナード・ショーの『人と超人』の女主人公。名前はアン・ホワイトフィールドだが、周到緻密な手段でジョン・タナーを自分のものとし、最後は結婚する。

(86) **Dylan Thomas**(一九一四―五三)イギリスの詩人。一九四〇年代の代表的詩人。なお、「足の長いおとり」は彼の詩集『死と入口』*Death and Entrance* に入っている 'Ballad of the Longlegged Bait' からとったもの。若い漁師が少女を餌にして魚を釣るという設定になっている。

(87) **William Wycherley**(一六四〇―一七一六)

の喜劇『田舎女房』*The Country Wife* に登場する愚かな夫。田舎娘を妻にして嫉妬から監禁同様にしているピンチワイフ氏だが、性的不能を看板にしている遊び人にまんまと妻を寝とられる。

(88) George Whetstone（?一五四四—?八七）イギリスの劇作家。『プロモスとカッサンドラ』*Promos and Cassandra* は『尺には尺を』の粉本として有名。

(89) *The Sad Shepherd or a Tale of Robin Hood* ジョンソンの未完の牧歌劇。ロビン・フッドは男女の羊飼いをシャーウッドの森に招いて酒宴を開く。魔女モードリンが、羊飼いのひとりを隠すなどして酒宴を乱すが、結局露見して追われる。

(90) *Comus* ミルトンの仮面劇。夜中に森で兄弟にはぐれた姫が羊飼いに化けた邪神コウマスに誘惑されて危険に陥るが、そこに守護霊から急を聞いた兄弟が駆けつけて彼女を救い出す。

(91) *Lycidas* ミルトンの牧歌的挽歌。ケンブリッジの同窓生エドワード・キングの死を悼んで一六三七年に書かれた。(89)(90)(91)とも、イギリス的なイメージと牧歌的イメージが自在に組み合わされている。

(92) Plutachos（四六頃—一二〇以後）末期ギリシアの道学者、史家。彼の作品は英訳され、シェイクスピア始め多くのエリザベス朝作家に着想と原話を提供した。

(93)『シンベリン』第五幕第四場二一二—三行。

(94) Augustus（前六三—後一四）シンベリン王の時代のローマ皇帝。

(95) ウェールズ南西部ペンブルクシャーにある町。『シンベリン』では、ポスチュマスがピザーニオにイモジェンを殺させるためにおびき寄せる場所。

(96)『シンベリン』第三幕第二場七九—八一行。

(97)『シンベリン』第五幕第二場一四—五行。

(98)『シンベリン』第五幕第四場一九一—三行。

(99)『シンベリン』第四幕第二場二四七行。

(100) ペリクリーズの娘。幼い頃他人に預けられ、幾多の苦労を重ねるが、最後に父母にめぐりあい、ミティリーニの総督ライシマカスと婚約する。

(101) ベン・ジョンソンの『悲しき羊飼い』に登場する魔女。注(89)を参照。

(102)『真夏の夜の夢』第五幕第一場二〇行。

第三章　時の勝利

前章まではシェイクスピアの喜劇のいくつかの特質について、大衆的、伝統的、原初的という言葉を関連させて論じてきたが、この章では、シェイクスピアの喜劇の典型的構造の輪郭を描き出してみようと思う。私は他の論文でこの喜劇の構造という問題を扱ったことがあるので、繰り返しは極力避けるつもりである。

シェイクスピアの喜劇をも含めて、ルネサンス期の大部分の喜劇には、その核心に常にプラウトゥス[1]やテレンティウス[2]の新喜劇から継承されたひとつの定式がある。その典型的な物語の筋展開は、ある若者がさまざまな社会的障壁——女性の素姓が悪いとか、彼の財産が少額であるとか、不足しているとか、親の反対に会うとか、すでに恋敵が結婚を申し込んでいるとかといったものであるが——ゆえに引き離されている恋人と多くの苦悩の末に結ばれるまでを描いたものである。最後には、このような障壁を巧みにくぐり抜けた二人の結婚、あるいは婚約によって新しい社会が誕生する場面で喜劇が終わるのが普通である。新しい社会の誕生は、結婚式や祝宴、あるいは舞踊会などを特徴とする最後の祝祭的な場面によって象徴される。この場面では通常、喜劇の解決の邪魔をしてきた者の改心がみられる。悲劇は「悲劇的大詰《カタストロフィー》」[3]に終わるが、ベン・ジョンソンはこの言葉を喜劇の結末を表わすものとしても使っている。しかし、喜劇では、その結末は下降というよりも、上昇を表わす逆転《アナストロフィー》と呼んだほうがよいであろう。

この構造についてある洞察を得るためには、すでに述べた、戯曲に先行し、また戯曲と包括的関連をもつと思われる祭祀について考察することが有益であろう。このような祭祀には、喜劇の構造にとって特に重要な要素が三つある。そのひとつは準備的時期であり、キリスト教の四旬節[4]、降臨節[5]およびユダヤ教の贖罪日[6]と贖罪の儀式に象徴されるものである。この時期は陰気で暗く、そこでは、後に罪や悪と同一視される不毛の原理を認識し、それを取り除こうという試みがなされる。二つめは、放縦と価値観の混乱の時期であり、カーニヴァル[7]や農神祭《サターナリア》[8]や性的乱交の行なわれる祭りによって象徴される。この祭りは古代の宗教にみられるもので、その痕跡はすでに述べたテレンティウスの『ヘキラ』のような喜劇の構造の中に残っているものである。三つめは祝祭そのものの時期であり、お祭り騒ぎ、別の言葉で言えば、そこから喜劇《コメディ》という呼称が生まれたといわれる〈コモス〉の時期である。これら祭祀の三つの位相は、常にこの順序で現われるわけではないが、たまたまこの順序が劇にとっては非常に効果的でしかもこの順序こそ、典型的なシェイクスピアの喜劇の構造のなかに再現されているものなのである。

つぎに、この構造は、ふつう、反喜劇的社会で始まる。ここでは社会的組織が喜劇的推進力を阻止したり、阻害したりするが、それを喜劇の展開のなかで回避したり克服したりするのである。これは厳しい不合理な法律の形をとることが多く、『間違いの喜劇』のシラキュースの人びとを殺す法律や、『真夏の夜の夢』の反抗的な娘たちを処刑する法律、シャイロックの証文を認め、彼の行為を正当化する法律、アンジェロがヴィエンナを高潔な町にするために発令する法律などがその例である。これらの不合理な法律のほとんどは、もっぱら性衝動を抑制しようとするものとなっている。したがって、喜劇の物語展開を促進する原動力となっている主人公と女主人公の願望に逆らって働くのである。

『お気に召すまま』のユーモラスなフレデリック公爵や、『冬物語』の悩めるレオンティーズの例にみられるように、この不合理な法律が、ときに嫉妬深い暴君の疑惑という形をとることもある。この四つのロマンス劇のすべてに、新喜劇の〈怒りっぽい老人〉の流れをくむ意地悪い父親、あるいはそのような父親的人物が取り入れられている。『シンベリン』では、同名の主人公がこの役割を演じ、『冬物語』では、レオンティーズとポリクシニーズがこの役割を演じている。また『あらし』では、プロスペローが、自分が仕組んだ結婚話のなかで、ファーディナンドの求愛があまりに容易に運びすぎてもこまる、と観客に下手な言い訳をして、やはり同じ役割を果たしている。さらに『ペリクリーズ』では、サイモニディーズが同じ主旨のことを述べている。暴君と密接な関係があるのは、バプティスタ家のじゃじゃ馬娘である。彼女の父親は、とにかく結婚を執拗に急がせる。バートラムは、自分の身分を鼻にかけてヘレナを蔑むのだが、それはひとつの気質であると同時に不合理な法律でもある。あるいはこの不合理な法律は、『恋の骨折り損』での「女性と会うな、勉強せよ、断食せよ、眠るな」(9)という取り決めをもつ擬似修道院的社会にみられるように、民話の不条理な約束のような、馬鹿げた決定から生まれたものかもしれない。

反喜劇的な主題は、その構造の要素によってではなく、ある雰囲気によって表現されるが、ときにはその要素のもつ雰囲気によって表現されることもある。喜劇のなかには、憂欝な雰囲気で始まるものもある。『終わりよければすべてよし』の開幕のト書きには、「バートラム、ロザリオン伯爵夫人、ヘレナ、ラフュー、全員喪服を着て登場」[10]とあり、劇は葬式の話題で始まる。同じように『十二夜』は愛の憂欝に沈むオーシーノウと、今はなき兄の死を嘆き悲しむオリヴィアの姿で始まる。『ヴェニスの商人』の冒頭の一節は、アントーニオの「実際、どうしてこんなに気が滅入るのか」[11]という言葉で始まり、これは「ネリッサ、私のこの小さな体は、この大きな世の中にまったくうんざりしているわ」[12]というポーシャの初登場のせりふと対比されている。もっとも、実際の雰囲気ははるかに軽快なものではあるが……。『シンベリン』は、「どいつもこいつもしかめつらばかりだ」[13]という言葉で始まり、『間違いの喜劇』は死を宣告された男の言葉で始まる。

『恋の骨折り損』にみられるように、不合理な、あるいは反喜劇的社会は、明確に限定された社会的目的をもっているであろうが、喜劇の終幕で生まれる新しい社会は決してそれに限定されてはいない。われわれはただ、この社会に生きる人びとは、不当な束縛感などもたずに暮らしてゆくだろうと考えるだけである。同時に、この不合理な社会は、われわれを取り巻き、われわれの欲望を阻害するような現実的社会を示している。一方、最後に形成される新しい社会は、望んでもめったに実現しない願望が実現した姿を示す。したがって祝祭的な結末へと導くこの推進力は、なにか望んでもその実現は不可能な世界から新たな実体を創造してゆく力である。喜劇の物語の展開の仕方は非常にフロイト的である[14]。つまり、性的な快楽原則が社会的不安の下で爆発し、不安を空中高く吹き飛ばしてしまうのである[15]。しかし、喜劇では、フロイトが日常生活のなかでは捜し求めてはならないと警告した快楽原則が勝利を収めていることに気づくであろう。

混乱と性的放縦の第二の時期は、アリスが歩《ポーン》から女王になる旅の途中で出会った無名の森のように、一時的に同一性を失った位相と呼んでもよいものである。この位相はふつうは、決して見破ることのできない変装という、いつもながらの手法で演じられたり、一般の目には見えないとされている登場人物によって演じられる。その典型的なものは、パックとエアリアルで、二人は空想から生れた何人かのでく人形的人物のなかでも、最も傑出した登場人物である。もちろんある意味においては、ペイローレスやアンジェロのようなほら吹きや偽善者も、最後にその正体がばれるまでは変装した状態にあるといえる。しかし、喜劇の主題として終始一貫しているのは、同一性の喪失のなかで性的同一性の喪失がもっとも多くみられるという点であろう。女主人公が若者に変装するというモチーフは五つの喜劇に現われている。そして、『ヴェニスの商人』にはそのような変装が三つある。(17)『じゃじゃ馬馴らし』におけるスライの「奥方」(18)と『ウィンザーの陽気な女房たち』におけるスレンダーとカイウスの花嫁は、(19)その逆の形を示している。当時の舞台劇で行なわれた道徳的攻撃の多くは、男性の女装や、女性の男装を禁ずる、『モーセ五書』(20)の一節をその根拠としている。しかし、少年俳優の扮する女主人公は少年役者が演じているためにそのような攻撃を和らげることになるのか、それとも実に巧みに無視したものかは容易に断言できない。『終わりよければすべてよし』と、『尺には尺を』では、二人の女性が暗闇ですり替わる(21)という形でモチーフが示されている。『真夏の夜の夢』では、恋人たちが二度にわたって闇の中

で入れ替わる。そして『空騒ぎ』では、同じ手法によってヒアローが中傷を受けることになる。(22)

この主題は、他にも『間違いの喜劇』や『十二夜』の一卵性双生児から『シンベリン』のポスチュマスの服を着たクロートンの首なし死体に至る多くの作品にみられる。これらのなかには、非常に微妙で複雑な現われかたをしているものがいくつかある。『あらし』においては、正統なミラノ大公は誰か、また正統なナポリの王は誰かという問題と、劇の物語展開のほとんどを占める同一性の不確定という主題とが渾然一体となっている。島全体は見る人によってそれぞれ違った形にみえる。宮廷人の一行は一連の奇怪極まる幻想を経験する。キャリバンの実体をはっきりと確定することも困難である。『間違いの喜劇』における一卵性双生児の二役は、一見したところ、すでにかなりドタバタ喜劇的になっていたプラウトゥスの劇を純粋な笑劇に変える手段にすぎないと思われる。しかしこの作品では、後に『ペリクリーズ』で使われるアポローニオスの物語(23)の主題が笑劇とは逆方向に作用している。また、なんとも薄気味の悪い雰囲気を漂わせるアドリアナの憂鬱や、繰り返し行なわれるペテン師と奇術師への言及、および執拗な狂気への言及(24)なども同じような作用を果たし、劇の感情をプラウトゥスよりもアプレイウスの夜の世界により近いものとしている。プラウトゥスの劇では、シラキュースのアンティフォラスに相当する人物が、楽しむのは今しかないといった態度で売春宿に出かけてゆく。シェイクスピアでは、アンティフォラスは一種の秘儀を授かるような気持で兄嫁の家に入ってゆく。

俺は大地にいるのか、天国にいるのか、
それとも地獄にいるのか、
眠っているのか、目覚めているのか、
俺の頭が狂っているのか、まともなのか、
この人たちにはわかっていても、俺にはわからない。
俺はこのままこうやって、
あの人たちと口をあわせて、
この霧の中で冒険をしてみよう。(25)

不自然に思われるかもしれないが、私は、この劇で二組の双子を使う理由のひとつは、一卵性双生児が実際には同一（同じ人物）ではなく、ただたんに似ているだけにすぎないからであると考えている。そして、彼らは顔を合わせることによって、同一性の喪失に対する恐怖から喜劇的な形で解放されるのだが、この恐怖は自分の生霊に対する原初的な恐怖であって、ほとんどあらゆる形の狂気の根底をなすものであり、人びとが互いに間違えられている間はある程度感じられるものである。

第三にして最後の位相は同一性発見の位相である。これは多くの形態をとるが、それらを社会的なもの（AとBは同一である）と、個人的なもの（Aはその人自身である）とに分類して一般化してもよいであろう。喜劇の終幕にみられる同一性の回復は、社会的なもの——ほとんどの登場人物が組み入れられる新しい集団——と、個人的なもの——ある人物の心や目的を変えさせるような啓発——とがあるが、シェイクスピアに一般にみられるように、両者が同時に起こることもある。一元的、多元的というこの二つの同一性にさらに、最後に結ばれる恋人たちの二元的形態をもった同一性を加えてもよいであろう。喜劇の終幕で三つ、あるいは四つの結婚が行なわれるときには、明らかに社会的な同一性といえる。

個人的同一性は、ある人が以前とはまったく異なった形で自己を認識するときに起こる。ふつうこれは、ジョンソンが気質の概念[26]について述べた過程をたどる。登場人物は、守銭奴がたえず金貨を求めたり、心気症の患者が薬を欲しがるように[27]、一定の行動を機械的に繰り返させるような特定の性格に支配されている。ベルグソンや他の権威者によれば、一定の行為に拘束されるために、この種の激しい感情に苦しめられることは笑いの主要な要素のひとつであるという。また、ベルグソンの理論は、ベン・ジョンソンの気質と、ポープ[28]のいう支配的情熱《ルーリング・パッション》によって説明できる。すでに述べたように、そのような人物は、社会的には不合理な法律という形に、また個人的には暴君という形に支配されている。喜劇の物語展開は、自分の気質に縛られていた登場人物が、そこから解放されるという一種の自己認識へと至ることが多い。これは必ずしも、喜劇にほとんど効果のない内省的な認識ではなく、平衡意識ないし社会的現実意識である。この意味における気質はジョンソンとは異なり、シェイクスピアの喜劇の主要な主題ではなく、本質的にはさほど重要でないものであろう。

気質劇であることが一目瞭然のシェイクスピアの気質劇が、同時にもっとも野心的作品であるという事実も、シェイクスピアの特徴である。『じゃじゃ馬馴らし』の物語展開は、キャタリーナのじゃじゃ馬気質をたたき直し、そこから彼女を解放する方向に展開する。シェイクスピアは現代人ではないが、じゃじゃ馬は屈折した愛情の形であることを承知していた。ペトルーキオは財産をねらい、ひどくがさつで利己的な態度を示すにもかかわらず、キャタリーナに対して、純粋な愛情を示している。彼は、冷たい素振りを見せてその愛情を慎重に隠そうとしている。だが、物語の展開を正確に読み取れば、キャタリーナが別人として生まれ変わったことをはっきりと態度で示すまでは、彼は決して初夜の床にはつくまいと慎重に構えていることがわかる。だが、ある意味においては、彼の冷たい素振りは、キャタリーナに対する愛情の証でもある。シェイクスピアの時代の心理学では、キャタリーナのような気質をもった人物は、ある極端から別の極端へ、つまり異常なほどのじゃじゃ馬から異常なほどの服従へと一転するほかはないという物語展開に、もろ手を上げて賛成したことであろう。われわれはまた、誰からも愛され、同情を寄せられる優しいビアンカが、至極冷静かつ巧みに能力を発揮して求婚者たちを扱い、キャタリーナのように、じらされたり、からかわれたりすることもなく、着々と自分の結婚の手筈を整え、おとなしい妻として自分の家におさまる姿をみるのである。じゃじゃ馬娘を馴らすことはできるとしても、とりすましたビアンカを馴らすことは絶対に不可能である。シェイクスピアのこの劇は、彼とは逆の物語展開を選ぶ他の劇作家たちからいろいろと言われたが、この逆説的展開の仕方はすでに彼の劇の中に示されている。とはいえ、じゃじゃ馬を馴らすことでさえ、たとえば、子馬を馴らすほどたやすくはない。キャタリーナは初めて登場するとき、ビアンカをいじめている。そして最後に舞台を去るときも、あい変わらずビアンカをいじめているのだが、こんどは世間の人びとを味方につけていじめるやり方を覚えたのである。

『恋の骨折り損』もまたもうひとつの気質である。そこではナヴァレ王と廷臣たちが魅惑的な女性たちとの交際をあきらめ、みずから禁欲的な学者の生活をしようとするが、折も折、魅惑的な女性たちが現われ、このような誓約はたちまちにして反故にされてしまう。しかし実際には、喜劇の物語はこれよりもかなり微妙な展開をみせる。王と三人の貴族を隠遁生活へ入らせるユーモアは、逆説的に言えば、機知の過剰であり、知的傲慢さといったものである。このユーモアは、さらに拡大して、アーマードーとホロファニーズにまで及んでいるが、これによって劇全体の雰囲気が親しい文学仲間たちの間の雰囲気に変わってしまう。そこではだれもが自分自身と自分のごく親しい友人の機知に対しては賞讃をおしまず、他人の機知に対しては可能な限り意地の悪い非難をあびせるのである。ビローンは隠遁生活に入ることに反対だったものの、無責任な機知から生まれるユーモアのとりこになっているという点では、四人のうちで一番である。ロザラインはビローンに異様な償いを命ずる。それは、彼の嘲笑にはどこか機械的なところがあるが、自分に課した指針に従って生きるためには、駄洒落というものですら表現というよりはむしろ意志伝達の行為だということを理解しなければならない、ということを意味しているのである。しかし、ロザラインと他の貴婦人たちもまた、圧倒的な雰囲気にのまれて、身分の高い者たちの仮装劇、とりわけホロファニーズをからかう場面では、それが嵩じてヒステリー状態にまで至る。そして最後にフランス王の死の知らせによってやっと物語は正気に戻るのである。

『空騒ぎ』の中のベネディックとベアトリスも同じように機械的な喜劇的気質の持主であり、みずからの機知におぼれた人物であるが、最後には、ある善意から出たいたずらによって、二人の本来の感情が言葉という囚人服から解き放たれる。この慈悲にあふれたいたずらは、ドン・ジョンがクローディオに仕掛けた意地の悪いもの――それは、結果がどんなにひどいものであろうとも、同じ喜劇的な法則に従って働くものであるが――とは対照的なものである。クローディオはヒアローと婚約するが、自分の貞節を約束することはない。彼は、なにか不都合が起これば、いつでもこの婚約を破棄しようという気持をもち続けるのである。そして、このクローディオの願望が、厳密にいえば一種の気質として作用しているために、彼は自分の立場に関する明白な事実に気づかないのである。彼は、二度目の結婚式で花嫁と顔を合わせる前にまず貞節を誓うが、これによって彼は自分の気質の束縛から解放されるのである。

自己認識という主題は『終わりよければすべてよし』と『尺には尺を』のなかに顕著に現われている。そこでは、バートラムとアンジェロが悪徳の道に堕ちるが、これはまったく間違った形の自己発見である。ペイローレスもまた正体をあばかれて、ある種の安堵感とでもいう気持を感ずる。というのも、正体があばかれるということは、表面的にはほら吹きでも、内面的には臆病であるという性格的分裂が矯正されることだからである。彼はただちに保護者としてのラフューにすがるのだが、それはラフューが、「彼の正体をあばき」[29]、彼の本当の姿を見抜いた最初の人物だからである。『シンベリン』や『冬物語』では、嫉妬深い性格からの解放が中心的主題となっている。また『あらし』では、宮廷人の一行がプロスペローの魔法によって強烈な自己認識へと導かれ、「誰一人として自分自身ではなかった」[30]という状態から救出される。

同一性のもっとも一般的な形態は、当然ながら結婚によって達成されるものである。そこでは、ふたつの魂がひとつになり、『お気に召すまま』でハイメンの鋭く正鵠を射た言葉が言うように、「お互いの罪が償われる」[31]。ふたつの魂がひとつになるという逆説は、『不死鳥と亀』[32]の主題でもある。性的同一性の発見は、女主人公が普通の女性の姿に戻るときに起こる。だが、性的同一性は、喜劇では外見以上に深い意味をもつ主題である。同一性へと向かう喜劇的推進力の中心は性的な衝動であり、喜劇の精神は、エロス的人物によって表現される場合が多い。そのような人物は喜劇的結末をもたらすが、みずからは性的に充足しており、ある意味において、男女両性具有者であり、過度の愛の表現を必要としない。ソネットに登場する美しい若者は、そのようなエロス・ナルキッソス的な人物[33]であるが、もちろん背景はまったく異なっている。また同じタイプで時代的にも新しく、モーツァルトの音楽のおかげで、あらゆる戯曲のなかで、もっとも人びとの心に残り、人びとの気を引く人物は、『フィガロの結婚』[34]に登場するケルビーノである。彼は、自分が出会うすべての女性と恋をしていると思っているのだが、彼の恋はひとつの状態であって欲望ではない。また、劇における彼の役割は、少なくともなかば女性であり、フィガロは彼を評して「ナルキッソスの生まれ変わり、恋するアドーニス」と述べているがまさに至言である。シェイクスピアでは、パックとエアリアルが同種のエロス的人物である。彼らはエロス自身と同じように、厳密に言えば男性である。しかし、人間的な視点からすれば、彼らに対して一般的な性の範疇を適用することはほとんど不可能である。パックの背後には、戦争に行くように命ぜられたケルビーノと同じく、女性から男性の手にゆだねられるインド人の少年がいる。『十二夜』では、性的同一性の発見は一卵性双生児のテーマと結びついている。オーシーノウとオリヴィアは憂鬱な気分で思い悩んでいるが、そこに海から「高く低く歌える」[35]男性とも女性ともつかない人物が現われる。そして最後にこの人物がオリヴィアにとって男性に、オーシーノウにとっては女性となり、喜劇的な社会を具体化させる。セバスチャンは当然そのようなエロス的役割を否定する。

ここにいると思えばまたあちらに、
私にはそんな神技を使えるような力などあるはずもありません。[36]

だが、われわれとは違って、彼には双生児の妹が自分に代わってその役割を果たしていることが分からない。

他の喜劇では、少年の扮装をした女主人公が同じような男女両性具有のエロス的役割を果たしている。というのも女主人公の積極性、またときによっては、彼女の消極性が新しい社会の誕生と古い社会との和解を生み出すからである。この積極性は失踪と帰還という形態をとる。異性に変装するということは、このもっとも単純な形である。あるいは、死と再生、ないしは、それに近い形態をとることもあろう。前に述べたように、『空騒ぎ』では、これがヒアローの死と蘇生という形で非常に明確に示されている。その信じられないほど不思議な話の顛末は、ふつう、あとになって、われわれに対してでなく登場人物に対して説明される。同じような死と再生の主題は『終わりよければすべてよし』にもみられる。そこではヘレナ殺しの疑いで、バートラムが逮捕されるのだが、当のヘレナは劇の大部分を通じて死んだものと考えられている。じゃじゃ馬のキャタリーナでさえ新しく生まれ変わる。「キャタリーナはまったく新しい娘に生まれ変わったのだから」[37]と、バプティスタは大喜びで言う。ポーシャに生きうつしの絵が、死の象徴である鉛の小箱のなかからみつかるという場面でも、同じ主題の影響がみられる。ロマンスにおける死と再生の主題は、セイザとイモジェンとハーマイオニなどと結びついて、実に巧みな構成を示している。また『ペリクリーズ』では、『ヴェニスの商人』[38]の小箱の象徴が一部繰り返し使われている。すなわち、ペリクリーズは、父子相姦を犯した「悪徳のつまった美しい小箱」[39]であるアンタイオカスの娘を捨て、「すきまを瀝青でふさいだ」[40]棺にセイザの死体を入れて海に運ぶのである。シェイクスピアの時代には、大部分の叙情詩はつぎのような慣習的伝統のもとに書かれた。すなわち、そこでは恋する青年が謎めいた女性にふりまわされるのだが、その女性というのが残酷で——もっともその冷淡さ自体が性的魅力ともなっているのだが——ときには恋人に対して、歓喜の絶頂を味わうほど優しい態度を示すこともあるかと思えば、青年が死にたくなったり、気が狂いそうになるほどの軽蔑を露骨にみせることもある。一般的には、愛し合う男女の間に肉体関係があるのはまれである。男性がこれを拒否することが多く、女性（あるいは男性）の死に対して、愛の勝利が謳われることもある。この伝統は、ロバート・グレイブズ(41)の言葉を借りれば、白い女神の詩と呼んでもよいであろう。また、それをもっともよく表わしている主題のひとつは、キャンピオン(42)の「お前が家に帰らなければならぬとき」という一節にみられるように、殺された恋人たちの死体の山を満足気に眺めている女性の主題である。

しかし、喜劇とロマンスでは、物語は結婚とか最終的な恋人の獲得という方向に展開する。シェイクスピアはひとつの物語を発展させることによって、極度に凝縮した形で宮廷恋愛詩と対比させている。そこでは(43)、女主人公が男性の恋人をめぐって、失踪したりふたたび姿を現わしたりしつつ、結論の動力因となっているのが普通である。これは白い女神に対立する動き、すなわち黒い花嫁の物語と呼んでもよいであろう。ジュリア、ヒアロー、ハーミア、ロザラインそしてジュリエット(44)がみなすべて「色の黒い《イーソップ》」という言葉と関係があるが(45)、私はこの黒いという言葉を旧約聖書の雅歌のなかからとっている。ソネットの黒の貴婦人はもちろん、当然このジャンルに属すべき白い女神である。自分の恋人を捜し出すためには闇のなかを徘徊し、変装し、屈辱を受け、あるいは死すらも賭すといった厳しい試練を経験する女主人公は、自分の正体が確認されるまでに、中傷や醜悪さ、囚われの身といった不利な条件を克服しなければならないというあの民間伝承の嫌われものの女性に近い人物である。

宮廷恋愛詩では、男同士の友情はふつう女性への愛よりも高尚なものとされている。というのも、それは、より公平無私であり、情熱のとりこになったり、傲慢な愛の神の奴隷になることが少ないからである。友情が愛に優先するというこの主題は、美しい若者が詩人の恋人を奪う話を歌ったソネットや、ヴァレンタインが、強姦を企てたプローティアスの手からシルヴィアを救い出したあと、改めて親切にも彼女をプローティアスに贈るという、あの『ヴェローナの二紳士』の終幕にみられる奇妙なエピソードの中に現われている。求婚者を「召し使い」と呼び、美しいうえに清らかで賢明だといわれているシルヴィアが、通常シェイクスピア劇にみられる女性以上に宮廷恋愛の恋人に近いということに気づくであろう。他の作品では、ベネディックがしぶしぶながらベアトリスの命令で、クローディオに決闘を挑むように、ふつうは恋愛が友情に勝るのである。また、ときに男性同士の友情は、バートラムとペイローレスの友情のように、喜劇的結末の障害となることもある。

一般的には、愛はすべてを征服する。愛はまた、特にそれ自身の敵を征服する。そのなかでもっとも有力な敵は情欲である。愛は二人の人間の特別な関係であって、その関係ゆえに両者は個性的存在となる。情欲は不特定のものに向かう衝動であって、その対象を特定しない。『終わりよければすべてよし』で、バートラムはダイアナと寝れば天国に行き、ヘレナと寝れば地獄に行くということをはっきりと認識しているが、暗闇のなかにいるため、自分の情欲の対象を判別できないでいる。『ウィンザーの陽気な女房たち』(46)では、フォールスタッフはちょっと手ごわい二人の婦人の貞節を奪おうとするが、これは詐欺であると同時に純粋な情欲でもある。また、彼を小さなろうそくであぶってその情欲を追い払うというやり方は、あのブランド(47)の『風俗昔話』のなかの話を思い出させるが、そこでは、「情欲にあふれた竜を追い払う」ために、年に何度も火が灯される話が語られている。狩人ハーン(48)は、フォールスタッフ扮する神話上の人物であるが、一種の英国風オリオン、つまり、不毛と一年の終わりとを連想させるでくの坊の狩人のようにみえる。エリザベス女王は、フォールスタッフが恋をする劇を見たくて『ウィンザーの陽気な女房たち』の執筆を依頼したという古い話が昔から語られている。だが、そこに描かれているのは金を求めて放浪し、その努力が頂点に達したときに、生理的反動に圧倒されるフォールスタッフの姿であるが、女王がそれに気づいていたかどうかについては、なにも語られていない。

社会的同一性の主題、つまり劇の最後に形成される新しい社会の性格についていえば、シェイクスピアは通常の喜劇の型をほとんどくずさず、徹底してこの型を追求している。プラウトゥスとテレンティウスのローマ喜劇では、この新しい社会が術策にたけた奴隷を参謀役にした若者たちの社会として描かれる場合が多い。老人は、若者に屈服したり、ときには妥協することもある。父親の場合にはつけ込まれて財産をまき上げられることが多く、ほら吹き兵士の場合には、ペテンにかけられるばかりか、なぐられることもある。しかしシェイクスピアは、ある社会が別の社会によって崩壊させられる点を強調することはめったにない。彼が重点をおくのは和解であり、この和解がつぎには必然的に若い夫婦による大人の社会の継承という結果をもたらす。

『間違いの喜劇』では、普通の新喜劇の構造とはいちじるしく対照的に、再会、それも双子の再会ではなく、父親と母親との再会が中心的主題となっている。他の多くの場合と同様に、この初期の実験的喜劇にも、ロマンスの技法の萌芽がみられる。『終わりよければすべてよし』の物語展開は、古い世代の影から浮び上がってくるものではない。伯爵夫人、フランス王、ラフューは、自分が衰えてゆくことを嘆き、過去に生きている。そしてこの古い社会の意志こそが、結局はバートラムにヘレナを受け入れさせるのである。この劇では、意地悪い父親の伝統的役割を主人公みずからが演じている。『ペリクリーズ』では、セイザとペリクリーズの再会が強調され、マリーナの結婚はセイザとペリクリーズの再会に附随するものとして扱われている。『シンベリン』では、最後に愛し合うポスチュマスとイモジェンが結ばれるが、これは、これまで結婚に反対だったシンベリンが、王妃の死によって心を和らげたためである。と同時に、行方不明のシンベリンの二人の息子が父親のもとに戻ってくるという主題も重要である。儀礼的にせよ、最後のローマに対する恭順は、やがて第三のトロイ（テキストではトロイについて述べられていないが、このパターンはよく知られている）となるイギリスが、歴史上の先祖である第二のトロイ、ローマに対して従属的関係になることを示している。神託の場面に、突然、場違いのようにポスチュマスの父親と母親が出現するが、これは、親の意志が持続していることをいっそう強調したものである。『冬物語』で、物語展開の中心となるのはハーマイオニとレオンティーズの再会であり、これは愛し合う若い二人の物語に優先している。『あらし』では当然ながら、プロスペローの帰還がすべてに優先している。

『ウィンザーの陽気な女房たち』では、物語はさらに典型的なプラウトゥス的展開を示していると思われる。そこでは、ほら吹きのフォールスタッフがひと泡ふかされるが、娘の両親も同じように若者に一杯くわされて、目の前で娘を連れ去られる。しかしながら、この物語はまた別の次元で展開されてゆく。フォールスタッフという名前を聞けば誰でも、ポインズやハル王子と一緒に陽気に騒いでいたあの全盛時代の姿を思い浮かべるであろう。(49) ウィンザーの世界で、山賊もどきの生活をしているフォールスタッフと三人の子分たちが、この社会の退廃した末期的な姿を表わしていることは明らかである。みれば分かるように、フォールスタッフ一味の世界は、フォールスタッフがやむなく手下を解雇するときに解散し、フォールスタッフは物語展開とは無縁になる。この時点で、こっそりアン・ペイジと結婚したフェントンが、劇の技法上の主人公となる。彼は、「無軌道ぶりを噂される王子やポインズなどともつきあっていた」(50) といわれる。またフォールスタッフにはまねのできない彼の能力、つまり、フォード家やペイジ家という裕福な中産階級の社会に入り込んでその富を享受する能力は、この劇の物語よりももっと古い社会の再生を示すものである。

『ウィンザーの陽気な女房たち』を読むと、さまざまな史劇が思い出される。シェイクスピアの作品に描かれている古い世代と新しい世代の和解は、新しい社会もまた究極的には、それが継承する古い社会とつながっていることを証明するものであり、また同時に、シェイクスピアの史劇に対する強烈な興味を反映したものである。史劇全般、ないしはそのほとんどにおいても、喜劇的主題、すなわち、和解あるいは祝祭的な結末へと向かう主題は舞台劇の正統的原理である。ジョン王は、正当の王位継承者であるアーサーの追放を企てるまでは、強大な力をもった統治者であった。だが彼は自滅し、代りにフォーコンブリッジに王座をあけわたさざるをえなくなる。フォーコンブリッジは、〈事実上《デ・ファクト》〉の、そして〈当然〉の王座を無理矢理要求することはせず、幼年のヘンリー三世にその権利を譲るのである。その結果、敵は破れ、国は統一されて、非常に明るい調子で劇は終わる。ランカスター家の劇にはすべて王位簒奪の影がさしているが、『ヘンリー八世』ではふたたび正統的原理が前面に出る。というのも、この劇では「喜劇的」な力、すなわち、エリザベス女王を誕生させるためにはイギリスの社会や宗教のあらゆる機構を破壊することも辞さない、目には見えぬ、全能で、無慈悲な神の意志が働いているからである。劇の終わりの場面に登場する幼年のエリザベスは、筋を突然予期せぬ方向に動かす喜劇的技法と同じ働きをしている人物である。

　後期の喜劇やロマンスでは、女主人公をその貞節がおびやかされるような立場におき、アンドロメダ的な人物に仕立て上げることによって、性的放縦の主題を表現していることが多い。このため、イザベラはアンジェロの欲望にさらされ、マリーナは売春婦に堕する危険にさらされ、イモジェンはポスチュマスによって「岩」[51]から投げ捨てられ、クロートンとヤーキモーの欲望にさらされる。さらにミランダは最初はキャリバンに、つぎにはステファノにおびやかされることが暗示されている。この主題は初期の作品にもみられる。ポーシャは、「私はいけにえと同じだわ」[52]と言ってみずからをヘシオーネ[53]になぞらえているが、彼女は小箱の中に似絵をみつけたものと結婚するようにという父親の遺言によって、求婚者たちの前にさらされているのである。アンドロメダの物語では、女主人公を危い立場におとしいれるのは父親であるが、シェイクスピアのいくつかの作品には姿こそ現わさないが、物語展開に不思議な影響を与える女主人公の父親が登場する。たとえば『恋の骨折り損』では、父フランス王が登場するが、その死のために通常の喜劇的結末が延期される。というのも王女は恋人を残して、死んだ父親の埋葬に行かなければならないからである。さらに小箱の遺言を残したポーシャの父親、治療法の知識を授けたヘレナの父親、あるいは、今日のわれわれならば、イザベラの側からみて人格未発達ともいうべき彼女の父親もその例である[54]。この父親と娘の関係はロマンスではさらに大きく発展するが、これについては、最後の章で吟味したい。さて、われわれは、変装した女主人公の役割とエロス的人物であるパックやエアリエルの役割とを比較してきたが、パックとエアリアルも同じく年上の人物の指示のもとに行動していることに気づくであろう。

喜劇における和解に重点をおけばおくほど、喜劇のなかで打ち負かされるのは人間ではなく一定の性格であるということがますます明らかになる。そのなかで主たる例外はシャイロックである。排斥されるものが過度の遵法精神であるという点でまったくの例外というわけではないが、それでも例外には違いなく、彼は自分の登場する劇の喜劇的雰囲気をほとんど破壊してしまうほどである。他の劇では、それぞれが自分の気質から解放されるのだが、この気質こそが排斥の対象となっている。『ウィンザーの陽気な女房たち』の終幕で、フォールスタッフの欲望は排斥されるが、彼めがけて射た矢はそれたという彼の言葉にあるように、フォードの嫉妬とペイジの貪欲さも同じように排斥される。こういうわけで、個人としてのフォールスタッフには、フォードやペイジと同様、最後のパーティに出席する権利がある。[55]幻想にとらわれていたレオンティーズとポスチュマスはそれから覚めるとただちに寛大な処置を受ける。すでに述べたように、クローディオとバートラムは最後には、まったく申し分のない喜劇の主人公としての資質をもった夫となる。アンジェロとヤーキモー、それに『あらし』のアントーニオ一味に対する赦し、『お気に召すまま』のオリヴァーの改心、これらはみな、最後に誕生する喜劇的社会をできる限り包括的なものにしようとすることに関係しているように思われる。『終わりよければすべてよし』で、バートラムをそそのかしたのはペイローレスだとラフューが明言し、他の軍人たちもそう考えているが、ペイローレスはまた排斥すべきやっかいな影響力をもった人物なのである。

しかしながら、認識による自己同一化という個人化への動きと、社会的同一化という統合的な動きとは依然として対照的であるが、この対照は、劇を見ている観客の心の分裂に対応するものといえる。喜劇は新しい社会の結晶化の方向へ向かうものであり、観客をも含めて全員がこの新しい社会に加わり、それが生み出す祝祭的な雰囲気へと導かれてゆく。劇作家は一般的にこれを是認し、邪魔をしたり反対する登場人物は笑いものにされるのが普通である。それゆえにわれわれのなかのある者は、喜劇を好ましく思う場合、その新たに形成された社会に自分も包含され、その社会に帰属せざるをえないと感じる反面、どこまでも外部から内部をみつめる観客の姿勢をとり続けるという面もある。喜劇作家はすべからく観客のこの二重の意識を理解し、観客がとんでもないところで笑ったり、変なところに共鳴して笑ったり、あるいはまた、意図した箇所でも過度に笑いすぎたりすることがあるため、思わぬところで自分だけが取り残されないようにしなければならない。喜劇とは、すでに述べたように、多様な雰囲気を具現化する構造をいう。喜劇の大多数は祝祭的で滑稽だという意味において喜劇的であるが、いかにりっぱな構成をもっていようと、喜劇的でないものもごく少数ながらある。同様に、喜劇には大勢の人物が登場し、その大多数は、終局的場面で誕生する新しい社会に向かって進み、それに加わる。だが、一方、いかにりっぱな構成をもった喜劇であろうとも、登場人物のなかには物語展開から孤立して、劇の傍観者としてわれわれのなかの観客的側面と同一視しうる人物が一人や二人はいるものである。

　このような観客的役割りを果たす人物のなかで特に重要な人物が二人いる。そのうちの一人は阿呆ないしは道化である。これはわれわれの期待とはうらはらに、喜劇の展開から奇妙にも遠いところにいることが多い。技法上の道化の場合（ラヴァッチ、タッチストウン、フェステなどは）

旧世代に属しているとよくいわれ、彼のとばす冗談の意味は、社会が求め期待しているものとは違ったものとなっている。彼は（ラヴァッチ、コスタード、ゴボー、そしてもしそれがオリヴィアのいう「不正直」がその意味を含んでいるならばフェステもそうだが）好色である場合が多く、後で娘たちに対してどんな形であれ責任をとる、というよりも、娘たちをめんどうな事件にひきずり込みたいという気持が強いようである。彼（コスタード、タッチストウン、ラヴァッチなど）がむち打たれたり、投獄されたりする話が述べられる。道化のもうひとつの重要な役割は喜劇的社会からの孤立化——孤立した人物は社会を構成しないがゆえに、普通は喜劇的社会に敵意を示すことによって——をさらに凝縮した形で具現することである。一般的にはこの役割を表わす言葉は確立されていないので、どんな名称を与えてよいかといくぶんとまどっている。私が他の論文で使った〈生贄《パルマコス》〉と〈野夫《チャール》〉というような名称は、むしろ、この役割を果たす果たさないとは無関係な別の型の登場人物の呼称なのである。私はいくぶん無作為的だがイディオテス（疎外者）という名称を選びたい。〈イディオテス〉はふつう反喜劇的雰囲気の中心的人物であることによって物語展開からは孤立している。ドン・ジョンのような悪漢、マルヴォリオやフォールスタッフのような嘲笑の的となる人物、あるいはジェイクズのように気質的に祝祭的な雰囲気に対して単に反発するだけの人物もこれに含まれる。悪人、喜劇的人物、厭世家は、喜劇と密接な係わりをもっているが、〈イディオテス〉は道化のような登場人物の型ではないことを示すに十分な動機が数多くある。典型的な特徴の持主が何度も繰り返し登場するが、それは多様な登場人物を使おうとする構成上の手法からである。
『恋の骨折り損』には、六つの気質をもつグループがみられるが、そのうちの五つはビローンが挙げている学校教師、ほら吹き、乞食牧師、道化、小僧である。ホロファニーズにとりいって、ついに晩餐への招待という報酬を得る「乞食牧師」のナサニエルのなかには、古典的寄食者の変形が認められる。最後のひとつは、いなかの警吏ダルであるが、これを喜劇の典型的人物として確立するにあたっては、シェイクスピアの貢献がきわめて大であった。しかし、ナヴァレ王とその廷臣たちからなる主要な社会は、それ自体が気質をもった社会であるため、気質をもった一団の登場人物たちは、社会的に自分たちよりも優れた人びとの気質について意見を述べたり、それを諷刺したりするコーラスの役割を演じるしかないのである。このコーラスの役割は、恋をした自分を責め、それらのうちの三つが自分自身の心の中にある要素だというビローンによって強調されている。

酷評家、いや夜まわりの警吏
少年たちをいじめる横暴な衒学者(56)

これら六つの気質のうちで、中心的な阿呆ないしは道化の役割はコスタードが、また中心的な〈イディオテス〉の役割はアーマードーが演じている。この両者はこの喜劇の主要な題材である言葉遊びを戯画的に展開する。コスタードは、まわりの者たちの軽快な言葉の応酬を聞いて大喜びしてこう言う。

まったく、本当にすばらしい冗談だ。この上もなく類まれなる下品な洒落だ。
よくまあ、滑らかで、下品で、実際ぴったりとした洒落が言えるものだ。(57)

しかし、シェイクスピアの道化にはよくあることだが、彼が当意即妙な言葉の応酬に加わろうとする試みは、十分成功しているとはいえない。彼は婦人たちから、自分たちのような上流階級のように、きわどいせりふを上品にさらりと言えないと、手厳しい批難を受けてますます熱狂的になってゆく。

スペインの無敵艦隊を思わせるようなスペイン人的名前をもった伝統的な大ぼらふきだが、奇妙にも礼儀正しく気どりやのアーマードーは、廷臣たちの嘲笑の的として登場する。しかし彼の大言壮語は自分自身の機知に対するうぬぼれから出ている。そのうぬぼれは、以前説明したように、彼らほど滑稽ではない。〈イディオテス〉についてあてはまる場合が非常に多いのだが、彼とコスタードは実際にはしばしば敵対心で結びついている。二人は同じ女性を愛する恋敵であり、二人の間に争いが起こる。しかし、フランス王の死の知らせが入って物語が落ち着くとアーマードーは舞台の中心に向かってゆく。王と三人の貴族は、いとも簡単に誓いを破ってしまうが、大義に対してまるまる三年間の誓いをたてるのは彼であり、美しく落ち着いた結末の場面で儀式の主人公を演じるのも彼である。そして彼は「あなた方はそちらに、私たちはこちらに」[58]とほとんど祝福にも似た言葉で舞台を閉じるのである。

『お気に召すまま』では、タッチストウンが道化で、ジェイクズが〈イディオテス〉である。ジェイクズは放浪者で、エリザベス朝の文学ではたびたび嘲笑の的となるイタリア風の旅人である。彼は感傷的で、ふさぎがちな人物である。彼はタッチストウンに惹かれ、親近感を感じ、オランドゥやロザリンドにならって諷刺家になろうとするが、これはほとんど失敗に終わる。彼は明らかにチャイルド・ハロルドだが、バイロンではない。われわれはまた、彼がタッチストウンに嫉妬を感じ、タッチストウンとオードレイが結婚して祝祭的社会の一員となるのを見たくもないと思っていることに気づくであろう。『十二夜』では、道化はフェステで、〈イディオテス〉はマルヴォリオである。そしてここにもまた、敵対関係がみられる。フェステはマルヴォリオにひからびた道化だと言って嘲笑されるが、その仕返しに今度はマルヴォリオにむりやり道化を演じさせる。オリヴィアは「ああ、可哀そうなお馬鹿《フール》さん、みんなでよってたかってひどいめに会わせたのね」[59]というせりふで、マルヴォリオのことを「お馬鹿《フール》さん」と呼んでいるが、これは、フェステに因果応報について語ることによって、物語を完結させるように示した合図なのである。

『じゃじゃ馬馴らし』では、道化はクリストファー・スライであるが、序幕以降では彼は見物人でもある。周知のごとく、この劇でスライは数行のせりふを述べたあと眠ってしまうが、これによって、彼の性格と、物語展開の統一性とが矛盾することはない。しかし、『じゃじゃ馬馴らし』の異本とされる『ジャジャ馬馴ラシ』(60)では、物語全体が彼の願望充足の夢として描かれている。彼はそれを、これまでみたなかでもっともすばらしい夢だといい、この手を使って自分の女房をも馴らしてやろうといって退場するが、観客は彼の成功など確信していないことは明らかである。したがって彼は、一種の萌芽期の前段階的な〈イディオテス〉でもある。『ウィンザーの陽気な女房たち』では、フォールスタッフが両方の役割を果たしているが、一人の人物に統合されているとはいえ、両者は依然として敵対関係にある。フォールスタッフは、自分のように知性のある人間が、なぜこんなにだまされるのかと絶えず疑問を感じている。

『終わりよければすべてよし』では、ラヴァッチが道化で、ペイローレスはフォールスタッフやマルヴォリオと同様、嘲笑の的、あるいはカモとしての〈イディオテス〉である。両者は互いに鋭い敵対心を感じあっているのが普通であるが、ペイローレスは非常に道化的要素が強く、「意地悪く不幸な」(61)ラヴァッチは冷笑的で厭世的な〈イディオテス〉的要素が強いため、この二つの役割はときに逆転しているように思われる。『尺には尺を』では、ルーシオがペイローレスと同じく、口から先に生まれたような人物のひとりである。だがペイローレスは、自分がそのような人物だということを認識する能力はもっている。彼は自分の正体がばれることによって「私はつまらぬ人間です。殺さないで下さい」(62)という自己啓蒙の恐しい閃光に照らされる。ところがルーシオにはこの種の自己発見の能力はまったくない。彼が、未熟な道化であるポンピーの保釈人になることを拒否するというのは、敵意を示す伝統的なパターンである。どちらかといえば、ルーシオは〈イディオテス〉というよりもむしろ道化と呼ぶべきである。公爵は、結婚について寛大な基準をもうけているにもかかわらず、ルーシオに対しては、自分が妊娠させた売春婦と結婚するよう命ずるのも、ルーシオが典型的に好色な道化であることを示すものである。

『ヴェニスの商人』では、道化はゴボーで〈イディオテス〉は同様に厭世家で、原則的には反祝祭的人物のシャイロックである。この敵対関係にある二人の結びつきは大して強いものではないが、重要な意味をもっている。ゴボーがシャイロックのもとを去ってバサーニオに奉公することは、ジェシカの駆け落ちの前触れと、社会の力がシャイロックからバサーニオのグループに移行してゆくことを示している。『空騒ぎ』では〈イディオテス〉の役割を果たすのが厭世的なドン・ジョンであるため、ふたたび陰鬱な気分がみなぎる。もっともベネディックは道化と〈イディオテス〉の二役を演じているのかもしれない。というのも、ベアトリスはベネディックのことを(変装した彼に面と向かって)「あの人は公爵様おかかえの道化師です。まったくあほうな道化で、才能といえば信じられないような悪口を考え出すことだけです」[63]と述べているからである。この劇では、道化のドッグベリーが、伝統的なまぬけ役の警吏を演じ、滑稽な言葉の誤用を連発する。ロマンスでは、登場人物は明確な道徳的階級の一定の場所に位置づけられる傾向があるという事実から、この二つの役割に対する重点の置き方が変わってくるが、この点については後で考察する。キャリバンの場合には、自然児的な部分が〈イディオテス〉と同一視される。[64]この自然児というのは、生活機能はもっているが無教育で、スウィフトの描くヤフーのようにとても社会を構成することはできないような人間の実例ともなる人物である。しかし、キャリバンは、アントーニオやセバスチャンのような悪漢ではなく、ステファノやトリンキュロー（もっともトリンキュローの場合専門のおかかえ道化師であるが）のような道化師と結びつくのである。だが、ここでもまた、キャリバンのトリンキュローに対する直接的で激しい嫉妬が、いつもの構図を示している。

もちろん、悲劇の主人公には常に〈イディオテス〉的一面があり、ゆえに主人公はみずからがその存在を負っている社会から孤立することになる。おそらく、悲劇における社会的孤立についてもっとも熱心に研究されているのは『コリオレイナス』であろう。この作品の主人公は、「心がそのまま口」[65]であり、喜劇的設定とはいえ、モリエールのアルセストと同じく、誠実さを社会的悪徳の極にまで至らせるような人間である。[66]プルタルコスにおいて、コリオレイナスに相当する、というよりはむしろ対照的なギリシア人は、復讐のために自分を追放した町に戻ってくるアルシバイアデスである。シェイクスピアの論理的発展は、そのままコリオレイナスの孤立からアルシバイアデスの友人であるタイモンの孤立への移行となって現われている。『アセンズのタイモン』を喜劇と呼ぶことは無責任な逆説のように思われるであろう。だが、われわれがそれをただたんに悲劇だと考える場合には、その欠点を『リア王』と比較して、悲劇としては失敗作であるとみざるをえないであろう。しかしシェイクスピアが、まったく愚かにも『リア王』で試みたのと同じことを、中流階級で、しかもリア王とは比較すべくもないスケールの小さな人物を使って試みたなどとはとても考えられない。私には、この異常な劇、つまりなかば道徳劇で、なかば民話的な、第四番目にして最後のプルタルコス劇は、『コリオレイナス』からロマンスへの論理的移行過程を示す作品であり、悲劇というよりもむしろ〈イディオテス〉の喜劇に資する特徴を数多く備えているように思われる。もし狂人扱いされているマルヴォリオの目を通して『十二夜』の物語展開を、あるいは破産して一文なしのシャイロックの目を通して『ヴェニスの商人』の物語展開をみるとすれば、これらの劇の調子も『アセンズのタイモン』の後半とあまり変わらないものとなるであろう。

この劇の前半では、タイモンは愛と幸運の絶頂にある。というのも、彼をたたえてキューピッドの仮面劇が祝宴の席で催され、タイモンが運命の女神の寵愛を一身に受けていることがおかかえの画家によって述べられるからである。だが、寛大さと思われていたものがむしろ、あるいは同時に、浪費的気質であることが次第にわかってくる。タイモンは決して自分の気質から解放されず、気質はたんに逆転するだけであり、流浪の身にある彼はまったく逆の動機から訪問者たちに金をばらまく。彼の話は、ラーンスの言葉を借りれば、自分の分け前を使ってしまった放蕩息子の寓話である。(67)だが、彼は呪いの言葉も祝福の言葉も同じようにふんだんに浪費する。そして、彼の人間嫌いは、以前彼の慈悲心が示したように、さまざまな社会的半真理を表わしている。この劇には女主人公は登場せず、実際、女性といえばアルシバイアデスに同行する二人の娼婦しかいないという事実から、この劇が喜劇的発展の焦点を欠いた気質喜劇ではないかという感を強くするのである。

タイモンが栄華を誇っている祝祭的な社会では、〈イディオテス〉はアペマンタスである。アペマンタスにはまたどこか道化的な要素がみられる。しかし、〈イディオテス〉は一般的には道化より社会的身分が上である。アペマンタスが道化を従えているのは、ひとつには、この点を強調するためなのである。アペマンタスは、ジェイクズと同じくキニク学派の学者である。もっとも「なんの苦しみも受けない」という意味の名前が示すように、彼の理想は、なにものにも打ち勝つことができるというストア学派的なものである。人間嫌いになったタイモンは、〈イディオテス〉の役割を引き継ぐが、彼を訪ねてやってきたアペマンタスは、彼の動機が怪しいことを指摘する。喜劇的構造という観点からすれば彼は、本当は、タイモンが〈イディオテス〉になることによって、自分自身が道化の身分に格下げされることに抗議しているのである。つづいて起こる口論のなかで、二人はそれぞれ相手が実際には阿呆であって、本当の人間嫌いではないことを証明しようとする。

シェイクスピア喜劇の、このような疎外された人物の例をみると、そのような人物によって、シェイクスピアがなにを表わそうとしているかの一端が理解できるであろう。もちろん、それによって劇の調子を多様に変化させ、そのような登場人物を通して、私がこれまで劇の副次的雰囲気と呼んできたものを表現していることは明白である。だが疎外された人物を用いるその重要な目的は、劇の遠近法に新たな次元を開くことである。私は観客には、物語に対して参加者的な面と、傍観者的な面の二つがあると述べたが、劇を創作し、同時にその作品を観察しなければならない作者についてもなおいっそう同じことがいえる。道化と〈イディオテス〉は、劇の創作と観劇の双方に対して、奇妙ではあるが一貫した関係をもっている。道化であることと、舞台に立つことの間には、ある種の関連性がある。道化が阿呆役を演じているときは、もっぱら劇的人物を演じているのであって、はっきりとしたまだら服を着ている場合もある。『恋の骨折り損』と『真夏の夜の夢』の二つの劇では、六人の道化からなるグループが自分たちの劇を演ずる。[68] また『じゃじゃ馬馴らし』では、道化はみずから観客役を演ずる。[69] われわれはまた〈イディオテス〉がしばしば修辞家であり、『お気に召すまま』における人間の七つの時代についてのせりふのような、型にはまったせりふをさかんに言うことに気づく。[70] シニア公の「小石の教訓」[71] のせりふが、牧歌の伝統を文学のなかに生かし続ける役割を果たす道徳的実体を作り上げているのとまったく同様に、このジェイクズのせりふも、劇的な幻想という観点から人間生活をみることによって、まるで鏡に映し出されたごとく、劇的な幻想から経験的実態を作り上げている。こういうわけで、せりふは高度に人工的な喜劇の想像上の焦点となるが、そこでは、物語展開はあくまでも見せ物だという意識が消えることはなく、またそうあってはならないようにと考えられている。

〈イディオテス〉と道化に関してわれわれの興味をそそるのは、彼らが純然たる意味で孤立した個人ではないということである。これは、彼らが用心深く守っている、あるいは彼らが象徴している秘密の世界をかいまみることによってあきらかになるであろう。彼らはジェイクズのように、自分たちの世界を代弁することができるかもしれない。あるいはそのような世界は思いがけなく出現する以外は彼らの心に固く閉ざされたままかもしれない。われわれがかいまみる世界は、ドン・ジョンの憂欝の洞窟のように邪悪なものであるかもしれないし、あるいはオリヴィアが雅歌をパロディ化したせりふで自惚《うぬぼれ》病と呼んでいるマルヴォリオの空想の世界にも似て、ばかげたものであるかもしれない。しかしそれは決してそのように単純な世界ではなく、中心的な物語展開に対して、反喜劇的ないし対喜劇的力をおよぼすのである。シェイクスピアの作品におけるもっとも印象的なせりふのいくつかは、疎外された人物のこのような視点を変えた見方と関係がある。よくあることだが、われわれにとっては外面的なことが突然内面的なものに変わった結果、つねにわれわれには無縁で、とてもわれわれの共感をさそうにはいたらないと考えていたことに、いやおうなく自分が加わらねばならない場合がある。シャイロックの「ユダヤ人には目がないのか」というせりふが思い出されるが、そのきっかけは、舞台の悪役のユダヤ人が、キリスト教徒の社会から悪を学んだというはなはだ不合理でわれわれを当惑させるような理由によるのである。

とはいえ、視点を変える根本的な理由は、そのような登場人物に対してわれわれの共感をひかせるためではない。これはいくつかの悲劇から類推すればよりいっそうあきらかになるであろう。悲劇では、われわれは浄化《カタルシス》の重要性を認める。恐怖と同じく、同情の念がわき起こるが、これも最後には拒否される。『ヘンリー六世』の一部から三部を通じて繰り広げられるヨーク家とランカスター家の栄枯盛衰をみて、われわれは無意識のうちに敗者に対して同情を感ずるが、それを可能にしているのは、両者がいずれ劣らぬ残酷な復讐心に燃えているという事実である。敗者は勝者とは違って、人間的な弱点をもっている。しかし、敗者に対する同情の念は、軽蔑の念よりも道徳的には質の高いものであるにもかかわらず、劇的な視点を粗雑にし、曇らせるものである。劇的視点は悲劇的であり、悲劇ではそのような出来事が演じられる。これは悲劇についてのわれわれの感情や道徳的反応にかかわらず起こるものであり、それが悲劇の実体である。悲劇においてこのような出来事が演じられることがなぜ重要かとたずねられれば、それに答えるためには神話の悲劇に戻らねばならない。憐憫と恐怖は悲劇の登場人物を道徳的に反映させたものである。しかし、悲劇は道徳的特質によって左右されることはない。悲劇の主人公は、本人自身が善人であろうと悪人であろうと悲劇の物語展開によって彼の属する共同体からは孤立させられている。彼は没落し、みずからを破局へと追いやるものの、目に見えないところでは観客の構成する共同体と再び融和することになるのである。悲劇の主人公は栄華を誇っている間は不可解で、自分自身の世界を内に秘めているが、ひとたび没落すると、原始的儀式[75]において彼の血と肉がわれわれのものとなるように、彼の世界の一部がわれわれと一体化する。

悲劇と同じく喜劇にも、浄化や同情や嘲笑がみられるが、それは悲劇における憐憫と恐怖に相当する。『ヴェニスの商人』の物語展開は正義から慈悲へと移行する。慈悲は正義と対立するものではないが、正義を包含、もしくは内面化するものである。シャイロックの証文の正当性は外面的なものであるが、シャイロックの敗北は正義の内面化の一過程である。この問題については最終章でもう一度とりあげたい。究極的にシャイロックという人物を同情心をもってみるか、それとも軽蔑の念をもってみるかということは、ただ劇の雰囲気に対する反応の問題にすぎない。いずれの態度をとるにせよ、彼を外面化しておくことになろう。シャイロックはその二つの雰囲気と関連しているがゆえに、劇の喜劇的浄化作用の焦点となっている。われわれは両方の可能性を感ずるが、いずれもシャイロックの果たす役割の喜劇的視点からとらえうるものではない。

われわれは、この喜劇的視点をさらに追究してみたいが、ここでわれわれが認識するのは、シャイロックとその他の登場人物との間にみられる劇的緊張度《テンション》の強さである。悲劇の憐憫に対応する喜劇の祝祭的意識はつねにロマンス喜劇の終章に現われる。これは祝宴、一般的には結婚式の形をとるのだが、そこではわれわれもある程度まで参加者であるような意識をもつ。われわれはこの祝宴の席に招待されるが、多くの場合花婿をも含めて一部の登場人物の先ほどまでのふるまいについてどのように思っていようとも、そんなことはおくびにも出さず楽しく振舞わねばならない。シェイクスピアの作品では、新しい社会はいちじるしくカトリック的な包容力を示す。しかし、われわれのどこかにつねに傍観者的な部分があって、距離を置いて注意深く観察しており、たえず別の微妙な陰影とか価値観といったものを意識している。このような傍観者的意識は悲劇では恐怖に連なるものであるが、劇中ではほとんど必ずといっていいほど、ある人物ないしはある事物によって表現されている。そして、たとえばシャイロックのように、第四幕で退場してしまっても、われわれは決して彼のことを忘れることはないのである。われわれが本気になって自分をそのような人物になぞらえることはまれである。というのも彼自身はそのような同一化を望んでいないからである。われわれの憎悪や軽蔑にもかかわらず、ヨブの免罪によって、決して口を閉じることなく、永遠の問いかけを続けるサタンのごとく、彼は厳然とそこに居つづける。われわれの一部は結婚式の祝宴の場でバスーンの大きな音に拍手かっさいし、またある者は白髪の老人に催眠術にでもかけられたように街に出て、罪や孤独、不正、奇妙な復讐についての不思議な話に耳を傾けている。この二つを調和させる手段はないように思われる。劇への参加と傍観者的態度、同情と嘲笑、社交性と孤立などは、喜劇と呼ばれる複合体、つまり人生そのもののパラドックスから生じる複合体においては不可分のものなのである。ここでは、存在そのものがすでになにか他のものの一部でありながらも決してその一部ではなく、自由と喜びはすべて帰属であると同時に逃避であってしかも決して切り離すことはできないものである。

しかし、シェイクスピアの解決不可能なパラドックスに出会ったときはつねに、さらに一歩踏み込んで考えるべきである。悲劇と喜劇の構造は、物語展開に対して水平方向に交わり、われわれの内にひそむ劇の参加者的意識に働きかける。反喜劇的力は敗北するが、それについてはなにか農神祭のお祭り騒ぎのような、あるいはまた社会的秩序が逆転して、なにか黄金時代にさらに近づくような感じを受ける。ただ、そのように社会秩序が逆転したところで（シェイクスピアの作品ではそうではないのだが）、現実社会の階級制度が変わるわけではないのである。王は依然として王位を保つし、道化もまた依然として道化である。ただその社会内における個人的関係が変化するだけである。しかし、物語展開に対して直角に交わるもうひとつの動きも存在しうる。それはわれわれのなかの参加者というよりもむしろ傍観者的な意識に訴えるものであり、傍観者的立場をとる登場人物の目をとおしてわれわれの心に訴えかけてくるものである。このような傍観者的反応は、多くの雰囲気のうちのひとつであり、たんに附随的な情緒的反応を示しているにすぎない。しかし、ときにこのような登場人物は同情と嘲笑の葛藤をくぐり抜け、喜劇的浄化そのものを直接とらえるような核心的な雰囲気について語ることもある。こうしたことは、参加者としてのほんの一瞬の経験にすぎないが、それにもかかわらず人の心に深くくい込んでゆく特質をもっている。

　道化はこの種の反応をひき起こすのに恰好の人物であるが、それは彼がもっぱら嘲笑の的に甘んじ[76]、ゆえにいともやすやすとわれわれの共感を得るからである。このようにみずからヘラクレスの柱を建てたのは、その難関をくぐり抜けることによって、より深い知識を得なければならないからである。『終わりよければすべてよし』には、決して陽気とはいえないシェイクスピアの道化のなかでも特に陰気なラヴァッチが登場するが、彼のせりふはまったく物語展開とはかけ離れているばかりか、物語の説明とさえ考えられないものである。

私は森の住人でございますが、つねに熱き情熱を愛した者でございます。私がお話申し上げている主人は、つねにすばらしい情熱を失うことがありません。しかし、あの方は確かにこの世の王様でございます。あの高貴なお方を宮廷から追い払うことなどしてはなりませぬ。私は狭い門のある家に向いています。もっともそれは高貴な方々がくぐるにはあまりにも狭すぎるとは存じますが、なかには謙虚な方がいてそのような門でもくぐられるでしょうが、多くの方々にはあまりに冷やかで気むずかしいでしょうから、広い門と大いなる野心へと続く、花の咲き乱れた道に沿ってゆくでしょう。[77]

ラヴァッチはたんなる年老いた道化で、彼に許された唯一のことは、だれはばかることなく自由に思うことを口に出せるという特権だけである。フロイトの原理からいえば、なんの制約もない話には機知が含まれるはずである。しかし、そこまではいえないとしても、それでも神託めいていて、機知に近い特質を備えているとはいえるであろう。事実、シェイクスピアはしばしば機知の代用として、これを使用しているのである。ラヴァッチのせりふを聞いていると、劇はわれわれの目の前から次第に遠のいてゆき、ふと気がつくとわれわれが見ているのは、不機嫌なバートラムが、結婚に対して抵抗と拒否の姿勢をみせながらも幸せな結婚へとひきずり込まれてゆく姿ではなくて、多くの人びとが愚かにもたびねずみ《レミング》[78]のように自滅への道を歩む姿なのである。せりふの特徴は構造的で、それを要約すれば、盲目的、幻惑的動きといえる。バートラムが戦場に送り、ヘレナが彼を家に連れ戻すことによって物語が完結するという期待を抱かせるのもこの動きゆえである。そして、こうした動きはことごとくバートラムの願望に反するものなのである。『終わりよければすべてよし』は、ヘレナの社会的地位がバートラムに較べて低い（少なくともバートラムからみてそうであるが）という点で他の劇とは異なっている。それに附随して、シェイクスピアにはごくまれに、福音書の農神祭の世界が突然顔を出すのであるが、そこでは両者の社会的地位はまったく逆転するのである。

また『間違いの喜劇』のエフェソスのドローミオ兄も、さんざん打たれ、馬鹿呼《アス》ばわりされたあとつぎのように述べる。

私はそのとおりロバでございます。私の耳が長いのでそういえるのでしょう。私は生まれてこの方、あのお方にお仕えしてきております。私はあのお方のおかげで、恩恵といえばなぐられることだけです。寒いときにはなぐってあたため、暑いときにもなぐって冷ましてくれる。眠っていればなぐってたたき起こし、座っていればなぐって立ち上がらせる。外に出かけてゆくときにはなぐってたたき出し、戻ってくればなぐって迎えてくれる。私は乞食女がガキをいつでも連れ歩いているように、それを肩にしょっているんです。私は思うのですが、あの方が私を不具にしたら、こぶをつけて戸ごとに物乞いして歩きます。(79)

この劇では「ロバ《アス》」という言葉が盛んに使われているが、それは黄金のロバ[80]、アプレイウスを思い出させる。「お前がなにかに姿を変えるんなら、ロバだろうよ[81]」とアンティフォラス弟がドローミオ弟に言う。ここではアプレイウスの作品と同じく自意識に目覚めたロバの目から見た人間社会の様子がかいまみられるが、そこはロバにとっては意味もなく悪意をもって打たれる地獄《インフェルノ》である。だが、このようなせりふをここにおく直接的な理由は、召し使いに対して同情心を起こさせるためではない。もっともこれは二義的理由で背景と関連するものであるが……。繰り返すが、直接の理由は、構造的なものである。『間違いの喜劇』の構造は下降して幻想となり、出現して確認へと至る変身の構造である。主要な物語は幻想と狂気をよそおった世界で展開される。最後の確認の場面のイメージは、死を通して新しい世界に向かう旅を示唆している。イージオンは、死刑が執行される寸前に死から解放されるばかりでなく、エフェソスの双子も、顔とはいえない顔をもった「生けるしかばね[82]」によって、うす暗いじめじめとした地下牢に閉じ込められるのである。二人は縄を噛み切ってそこから逃れるが、この象徴はエフェソスのドローミオ兄によってすかさずあばかれる。

つい今しがたまで、私はあの方に縛られておりました。しかしありがたいことに、あの方は私たち二人の縄をかみ切ってくれました。それで今は自由なドローミオでございます[83]。

公爵は「お前たちはみなサーシーの酒でもくらったのではないか[84]」と言い、双子が再開した場面では「いずれかが一方の守護神であろう[85]」と述べるが、それは同じ変身のパターンを拡大したものである。アプレイウスの作品では、幻想への下降はルーシアスがロバに変身する話によって象徴されており、現実への上昇はイシスの力によってロバから人間に戻ることによって象徴されている。これは同じようにエフェソス的背景から結論への展開を示す『ペリクリーズ』のダイアナの役割とも比較しうるものであろう。ここに引用したエフェソスのドローミオ兄のせりふは、アプレイウスの解放の主題を思い起こさせる。最後の解放に逆行する動きは、この主題の対位法的な物語展開を示すが、これも主題は同じである。

『十二夜』と『空騒ぎ』をはじめとして、シェイクスピアでは道化を「ロバ」という言葉で呼ぶことがよくあるが、ロバへの変身の主題としてまず第一に思い出されるのは『真夏の夜の夢』であろう。スライと同じくボトムも、いくぶん意地の悪いいたずらによって道化の世界から王侯の世界へと引き上げられる。確認の場面では、四人の恋人とボトムが「普通の眠りよりはるかに深い[86]」陶酔状態から目を覚ます。この陶酔状態のなかで、お互いに結婚することだけが目的のこの四人の恋人はほとんど口をきかない。クゥインスと仲間たちについても、ボトムが「俺のことについては一言もきかないでくれ[87]」と言うだけである。夢では、人は誰も自分自身のロゴスであるといったヘラクリトスから、どの夢にも理解不可能の部分があって、それが未知との橋わたしになるというフロイトに至るまで、夢は、夢見る者の個人的世界の核をなしており、それゆえに他人への伝達は不可能であると考えられている。しかし夢を見る力は、伝達力としての創造力と密接な関係をもっている。そしてこれがボトムを悩ますパラドックスなのである。

おれはまったく妙な幻を見た。とても人間の頭では説明できないような夢を見た。この夢を説明しようとすれば、そんな奴は驢馬だ。俺は思うんだが、それは誰にもわからない。俺は思うんだが、そしてそう思ったんだが、俺が見たことを言おうとするなら、とんだ大ばか者だ。目には聞こえず、耳には見えず、手では味わうことができず、舌では理解できず、心では報告することができない。この夢がどんなものかは、ピーター・クゥインスにこの夢のバラッドを書いてもらいたいものだ。「ボトムの夢」という題名がいいだろう。というのも底がないからね。それを劇の終わりに、公爵様の面前で歌おう。ことによったら、もっと立派なものにするために彼女が死んだときに歌おう。(88)

最後の言葉はまったく意味不明であるが、比喩の混用によって聖書の「目がまだ見ず、耳がまだ聞かず、人の心にまだ思いうかばず、神がご自分を愛する人びとのために準備されたこと」(89)という言葉の影響が消えるわけではない。ボトムを感傷的に扱うのは間違いであるが、ボトムがパックのいう「あほうの目」で、喜劇の核心に、なにかわれわれには理解不可能なものをとらえるはずはないと考えることも、同様に間違っている。それは、狂乱したリア王が、正気の人間には見えないものを悲劇の核心にとらえているはずはないと考えるのと同じである。それは、シェイクスピアの喜劇にみられる信じられないような出来事や、事件をそのまま受け入れるよう求める要求とまったく一致しているために、当然われわれよりもずっと素朴な人物によって、そのような予言的ことがらを語らせたり、暗示させたりするのである。

キャリバンの「島には音楽がいっぱいだ」(90)というせりふにも、同じように、いわば知恵に隠されてみえなくなった経験を愚者が感じとるということが暗示されている。しかしロマンスの背景は喜劇とはことなっており、この違いをこれから吟味してみなければならない。まず、ロマンスでは、行為が階層化されているが、それは喜劇におけるよりもさらに細かく分類されている。そしてあらゆるロマンスが、少なくとも五つの階層に分かれているのがわかる。最高位には神意を告げる神、あるいはそれに相当する人間のプロスペローがおり、つぎには主人公と女主人公、三番目には中ぐらいの誠実さや常識を表わす脇役的人物、たとえばヘリケイナス、カミロ、ピザーニオ、ゴンザーロなどがいる。その下に、道化的なあるいは不条理な人物がおり、最下位には悪党や悪漢がいる。プロスペローの言葉(91)にもあるように、前者は主として教育を欠いた人間性を表わし、後者は、理性が堕落した人間や、ゆがんだ知性から生まれる邪悪な人物を表わす。『ペリクリーズ』において悪漢の階層を表わすのは、ペリクリーズの殺害をたくらむアンタイオカスとその娘、さらにはマリーナをもう少しで殺しそうになるクリーオンとダイオナイザである。『ペリクリーズ』で道化にもっとも近い人物はボウルトであるが、彼はいまだ立ち直る可能性を残していることに気づくであろう。つまり彼は、われわれが見捨ててもなおマリーナを助けようとして、進んで彼女を立派な女性に会わせようとするのである。もっと陰鬱な雰囲気をもった『シンベリン』では、道化と呼べるのはクロートンだけであるが、彼は愚かさが嵩ずれば嵩ずるほど邪悪になってゆく。彼はあの冷酷で敵意に満ちたヤーキモーには遠く及ばないが、最後の確認の場面で彼の出番はない。『冬物語』には道化やいなか者が登場するが、彼らは紳士、しかも非常に立派な紳士となる。オートリカスは悪事ばかりを重ねていたと告白するにもかかわらず、『終わりよければすべてよし』の終幕のペイローレス同様に、結局は道化として人びとに受け入れられることになる。一方、奈落の底に沈んでゆくのは嫉妬深いレオンティーズである。『あらし』ではセバスチャンが悪を表わすが、アントーニオはさらにいっそうの悪を表わしている。道化はステファノとトリンキュローであり、キャリバンも同じ階層に属する。キャリバンはもちろん原罪に満ちているが、プロスペローに対しては、プロスペロー自身が自覚しているほどの偏見を抱いてはいない。キャリバンは生まれつき悪事をする性質をもっているにもかかわらず、好ましいところもあり、人間的威厳も備えている。キャリバンもまた、劇の最後にはある程度は立ち直る可能性があるように思われる。

このような階層を概括すると、おおよそつぎのようになるであろう。つまり、どのロマンスにも、邪悪で、悪魔的なパロディに対して、理想的で、高貴な状況が設定される傾向がある。すでに指摘したようにこの設定は『ペリクリーズ』の、近親相姦を続けながらも、理想的な父と娘の関係をよそおった父子にもみられる。また『シンベリン』では、英国とローマの連帯関係が、クロートンと女王に象徴される国粋主義的英国と、ヤーキモーに象徴されるイタリアのローマとによって対比されている。『ペリクリーズ』以外の（この作品では挿話風の構造ゆえにそれが不可能であるが）どの作品でも、真の悪漢がもし最後まで生きながらえている場合には、信じられないことだが、土壇場で突然改心するのである。ロマンスがこのような形で終わるひとつの理由は、ギルバートも言っているように、彼らが道を踏みはずしてはいるものの、もともとは高貴な人物だからである。実際シェイクスピアも、『ヴェローナの二紳士』の山賊について同じことを言っている。というわけでロマンスには、悪漢がその役割を演じないかぎり、〈イディオテス〉的人物は登場しない。この〈イディオテス〉と悪漢が一緒になると、祝祭的結末を損ったり遅らせたり、妨げたりする機能を果たす。そして、確認の場面に至ると、彼は自分の機能を果たして、そのなかに消え去る。彼の赦免は元来構造的なものであり、道徳的なものではない。また、シェイクスピアは和解を強調するが、それは個人的な慈悲心から生まれたものというよりはむしろ技法に重点をおいた結果である。かくしてロマンスでは、劇から孤立した観客の役割を演ずるために最後まで残ることはないのである。われわれは劇が終わった後にも、物語だけが誰も知らない世界へと展開してゆくような感じを受けるが、これは説明のための登場人物を最後にひとり残すという奇妙な仕掛けについてのひとつの理由となろう。もっとも実際には、これはロマンスに限ったことではないのである。だが、ロマンスでは、幻想とか劇から切り離され、疎外された傍観者についての問題など起こらない、なにか劇以後の世界を暗示しているように思われる。

　劇的幻想を強調することは技巧をこらしたことのしるしである。そしてシェイクスピアの洗練された喜劇は初期のものである。『恋の骨折り損』は、隠匿手段といった演劇の伝統的な約束事を実に豊富に使っているために、このような伝統に対するパロディになっているほどである。登場人物は自分が登場することについてなにかしら述べているが、それはまたもうひとつの洗練のしるしである。そのような喜劇は自然に対して鏡をかかげてはいないが、鏡に対して鏡をかかげ、二重の幻想からその解決をもたらすことが少なからずある。ペトルーキオは論理によってキャタリーナを説き伏せ、そのじゃじゃ馬的性質をなおすのではない。彼はただ彼女のじゃじゃ馬ぶりを自分に投映してみせたにすぎない。しかし、様式化した、ほとんどバレーのような劇の物語のなかには、意図的な幻想の要素が依然として残っている。そして、これはスライをとりまく幻想の世界と対比することによって、いっそう強調される。ロマンスによくみられるのだが、悪魔的な世界によって理想的な世界をパロディ化しようという、より単純な構想は、ロマンスの原初性の一端を示すものである。

　ロマンスには原型的な特徴があるということはすでに述べてきたとおりである。『ペリクリーズ』では古老のガウワーが語り手である。『シンベリン』では、チョーサーのトパス卿の話(92)と同じように粗雑な詩歌を歌う亡霊の出現によって「筋の逆転」が行なわれる。また『冬物語』は、その筋が古い「物語」とよく似ているといわれているが、ここではオートリカスの売りつける譚詩が、彼らと同じような役割を果たしている。この劇の決定的場面はハーマイオニの復活である。彼女は、ポーリーナが「私のパーディタが見つかったのです[93]」という魔法の言葉を語ると同時に口をきき始め、アポロの神託が実現されたことを布告する。ハーマイオニが実際に生き返るなどということは不可能である。従って、それを信ずるためには他の説明が必要かもしれない。とはいえ、そこでも同じように信憑性についての疑問がつきまとうであろう。たとえば、ポーリーナがレオンティーズに、ハーマイオニの生存を最後まで打ち明けなかったならば、レオンティーズはこれほどの尊敬の念をもってポーリーナをみたであろうか。オヴィディウスによれば、ピグマリオンはヴィーナスに、自分の影像に命を与えてくれなどと懇願したのではなく、ただ影像のような女の子がいたらという彼の願望を口にしただけなのだ。しかし、神話と隠喩と変身の言葉しか知らない女神ヴィーナスは、この願いを無視して、彼の影像に生命を与えたのである。この問題に関しては、シェイクスピアはあきらかにヴィーナスと同じ心を示している。しかし同じように信じがたいことであるが、生き返ったハーマイオニは古いハーマイオニではなくて、ジュリオ・ロマーノ[94]のみから生まれ出たのである。われわれは信じるのではなく、目の前に繰り広げられる死と再生の劇を虚心に受けとめるという態度をとることが肝要であろう。ちなみにわれわれが、幻想に対する人間の能力について語るジェイクズのような態度をとらず、自分の夢について語るボトムのような態度をとることによって、その理解がいっそう深まることは明らかである。

『冬物語』は二部からなる作品であり、前半はまさに「冬の物語」そのものであり、レオンティーズの嫉妬とハーマイオニに対する中傷、およびパーディタの危機の物語である。後半、つまり後の二幕は、フロリゼルの恋、パーディタの確認、ハーマイオニの再生の物語である。シェイクスピアの主たる出典であるグリーンの(95)『パンドスト』からの影響は九分九厘が前半に集中している。したがって後半はシェイクスピア自身の創作であろうと思われる。構成の上では相似と対照が使われている。イメージの対照、つまり、前半の冬、嵐、混沌に満ちたイメージと、後半の春、復活、豊饒に満ちたイメージとが対比されているが、これは見逃してはならないものである。前半は国王アーキデーマスが、シシリアの老人たちは自分に世継ぎが生まれるまではなんとしてでも生きていたいと願っている、と語る。話はそこからシシリアの宮廷で、なんとかしてボヘミア王の帰国を延期させようとしている話へと進んでゆく。そこでは、レオンティーズが嫉妬深い老人《セネクス》となり、とうとうカミロはボヘミアへと脱出する。(96)後半は、「時」が一世代の経過を告げて始まる。場面はボヘミアの宮廷へと移り、そこでは、カミロのシシリア帰国を思いとどませようとの説得が行なわれている。そして今度は、ポリクシニーズが嫉妬深く、猜疑心の強い老人の役割に転じ、ついにカミロはシシリアに脱出する。(97)前半で、マミリアスは死に、パーディタも死に瀕する。後半ではフロリゼルがレオンティーズにマミリアスのことを思い起こさせ、彼はパーディタと結婚して世継ぎとなる。ピラマスの役を演じて死んでいたボトムが急に起き上がって言うように「二人の父親の仲をさいていた壁は崩れた(98)」のである。

嫉妬深いレオンティーズはこの劇の〈イディオテス〉であり、反喜劇的な気分の中心となっている。そして物語の前半は、彼の嫉妬心のために反喜劇的になっている。まず最初は、レオンティーズとポリクシニーズが「双子の小羊」[99]であった無垢な子供時代の話から始まり、つぎに突然このような牧歌的な天国の回想から、迷信と妄想の世界へと入ってゆく。レオンティーズは物笑いの種や喜劇的軽蔑の的になることをひどく恐れているが、アンティゴナスが傍白で語るように、それこそまさに彼の将来の姿なのである。自分が作り上げている世界に対する恐怖心は、主に生贄のイメージで表現されている。彼は、ハーマイオニを生きたまま火刑にして心の安らぎを得ようとする。家臣たちは彼女に代わってみずから生贄になるとか生贄をささげようと申し出るが、結局は生贄の役割はマミリアスにふりかかる。前半はあらしの場面で終わっているが、このあらしは（熊と海という形で反映されている）『リア王』のあらしと同じく、自然の秩序の乱れを示唆するようなものとして表現されている。後になって「子供を捨てるために使った道具は、すべて子供が見つかったときになくなってしまった」[100]と聞かされるがそれは、祝祭的な世界が生まれるまでは、新しい世代は砂漠で生長してゆかなければならないといっているかのようである。新しい物語展開は実に奇妙な残響のなかから始まる。たとえば、第一部は、道化が熊に肩の骨を食いちぎられるアンティゴナスの悲鳴を聞く場面で終わり、第二部は、同じ道化が、肩の骨がはずれたふりをしているオートリカスの悲鳴を聞く場面で始まっているのである。

喜劇の一般的な物語展開は不合理な法律から祝祭へと進行するが、これは実質的世界がひとつの形から別の形に変わる動きを象徴している。専制と不合理な法律の世界は、実質的世界が、なにかわれわれが受け入れなければならないもの、とにかく耐えねばならないものという前提としてわれわれに一方的に押しつけられる世界である。これは、観客側からみる実体であり、「外側」からみる実体である。最後に生まれる祝祭的世界は、芸術と同じように、人間の欲望から実体が創り出される世界である。このような側面が『冬物語』にいくつかみられる。たとえば、レオンティーズは自分が事実だとみなすものに直面することに病的な喜びを感じ、その世界こそ彼にとって実体のある世界だと主張するのである。「私はそのにおいをかぐこともできるし、それを感じることもできる」[101]と彼は言う。創造的芸術はまた、確認の場面と深い関係がある。絵画や彫刻、詩、音楽などあらゆるものが導入され、ひきあいに出される。さらにポリクシニーズの理想主義とかロマーノの写実主義から、オートリカスの無意味な譚詩に至るまで、芸術論がいくつか述べられている。

しかし『冬物語』の物語展開は、外的な世界から創造された世界に向かう動きとは明らかに別のものである。まず第一に、レオンティーズの嫉妬の世界というのはまったく存在せず、ただそれを信じ込んだ結果があるだけである。第二に、ハーマイオニを生き返らせ、二人の恋人を結び合わせる人間の欲望の力は、まず、死から新たな生命を生み出す自然の力と同一視され、つぎには、神託を成就させるアポロの意志と同一視される。したがって劇の物語は外見から実体へ、幻想から実質へと展開してゆく。ひとたび実質的世界に到達すると、幻想は無となる。しかしながら、実質的世界には実体の慣習的な特質はない。それは自然のもつ再生力によって象徴される世界であり、われわれの求めている世界であり、そのような世界こそ、もし崇拝するに値するならば、われわれのためにに神々が求めてほしいと願う世界なのである。だが、それはポーリーナの言葉によれば、「人間の理性にとってはぞっとするような」[102]世界であり、そのような世界が実在することは「信じようにもとても信じられない昔話のようなもの」[103]なのである。このようなことは、人生においてではなく、物語のなかで起こる。『冬物語』の世界がわれわれに与えるものは、知識の対象でもなければ信仰の対象でもない。

『冬物語』を寓喩と考えることができるなら、それはもちろん信仰の対象か信仰の象徴ということになろう。だが私は、そうではないと考えている。つまり、シェイクスピアにおいては、劇の意味は劇そのものなのであり、劇の総合的な経験から抽象化されるものはなにひとつとしてないのである。より深い意味をより深く把握することは、劇をより深く理解するということではなく、劇に劇以上のものを見るということなのである。それがさらに深まれば、個々の劇から劇と呼ばれるものの一群へと進み、そして劇の全体的な「意味」というものが分かってくるであろう。繰り返すが、その意味とは劇に関するわれわれの総合的な経験なのである。その経験の中心となっているものは、劇のなかでは、昔、神官たちが交感魔術による同一性によってなそうとしていたことが、神話と隠喩の同一性を通じて行なわれているという事実である。それはすなわち、人間と自然の世界を結びつけるということなのである。しかし、この統一が達成され得るような世界は明らかに、通常の経験の世界、つまり、人間が疎外された傍観者であるような世界ではない。『冬物語』の結末でわれわれが見ている世界は、信仰の対象というよりはむしろ、願望の想像的なひとつの型である。「急いで案内してくれ」[104]という最後の言葉は、新しい不可能な世界へわれわれを招いているようである。そのときのわれわれのせりふは、見たこともない妻と顔を合わせたときのシラキュースのアンティフォラスと同じく、「与えられたあやまちを喜んでお受けいたしましょう」[105]である。

第三章　注

（1）Titus Maccius Plautus（前二四五?—一八四?）イタリア生まれのローマの喜劇作者。彼の風俗喜劇はギリシア新喜劇（注2）を模倣したもので、場面も人物もギリシアであるが、所々にローマの風俗を織り込んで、たくましい力と、ときに深い人間性の洞察をもち、ルネサンス以降の西欧劇文学に大きな影響を与えた。主な作品には、『アンフィトルオ』*Amphitruo*『法螺吹き軍人』*Miles Gloriosus*『幽霊屋敷』*Mostellaria* 等がある。

（2）New Comedy（Komoidia Nea）前四世紀末から三世紀の初め、いわゆるヘレニズム時代の初期に起こってきた喜劇で、人情風俗喜劇風のものである。これは、特殊な形態や要素をもたず、大体が写実劇風で、実際の世間から取材した人情劇となっていた。悲劇的な性格ももってはいるが、最後はめでたしめでたしに終わり、そういう点では近代喜劇に近いものとなっている。この「新喜劇」は、ローマ喜劇を経てシェイクスピアやモリエールに至り、さらに近代喜劇に移行しているといわれている。

（3）ギリシア語で本来は反転、逆転の意味。主人公の破滅を招くかたちでの劇的葛藤の解決をいい、悲劇的大詰の意味。ふつうは破局、または大団円と訳される。また、喜劇的解決の意味に用いられる場合もまれにある。

（4）〔聖書〕聖灰水曜日から復活祭前夜までの日曜日を除く四〇日間をいう。この期間には荒野のキリストを記念するために断食や贖罪を行なう。

（5）〔聖書〕クリスマス前の約四週間のことをいう。

（6）〔ユダヤ教〕ヨム・キプルと呼ばれ、飲食物を断ってシナゴーグで終日懺悔の祈りを唱える。

（7）〔聖書〕謝肉祭と呼ばれる。四旬節の直前三日間（日、月、火）の祝祭で、カトリック教国では四旬節中は肉食を断つので四旬節前の最後に肉を食べる日をこう呼ぶことがある。

（8）農神サテュロスの祭り。古代ローマで行なわれていた収穫祭で、底抜けのお祭り騒ぎの時期。この間、公務はいっさい中止され、罪人の処罰もなく奴隷も解放される。

（9）『恋の骨折り損』第一幕第一場四十八行。

（10）『終わりよければすべてよし』第一幕第一場。

(11)『ヴェニスの商人』第一幕第一場一行。
(12)『ヴェニスの商人』第一幕第二場一行。
(13)『シンベリン』第一幕第一場一行。
(14) Sigmund Freud（一八五六―一九三九）オーストリアの精神医学者。精神分析学の創始者。夢の分析等をとおして、精神分析学、深層心理学の体系をあみだした。
(15) 快を求め、不快を避ける個体の適応原則。
(16)『鏡の国のアリス』第三章「鏡の国の虫たち」。
(17) ポーシャが法学博士のバルサザーに、ネリッサがその書記に変装する。さらにシャイロックの娘ジェシカは男装してロレンゾーと駆け落ちをする。
(18) 領主たちが泥酔したスライをからかって演じる芝居のなかでは、スライは実は長い間夢をみており、今やっと十五年ぶりで奥方と再会するという設定になっている。もちろんこの「奥方」は領主の小姓が変装したものである。
(19) スレンダーは花嫁の姿をした郵便局長の息子をアンと思って連れ出す。一方キーズは別の男の子が変装した花嫁をアンだと思って連れ出す。
(20)〔旧約聖書〕「創世記」、「出エジプト記」、「レビ記」、「民数記」、「申命記」の五書をいう。律法の書としてユダヤ教において尊ばれた。モーセが記したという伝説からこう呼ばれる。男装、女装を禁ずることは「申命記」第二二章第五節に「女は男の服を着てはならず、男は女の服を着てはならぬ」と書かれている。ヘブライ人にとっては衣服は慎しみのためというよりも、その人の人格を表わすものとされ、個人を守り、無差別と混乱をさけさせるものと考えられていた。このようなことから、衣服は男女の性別を明確にし、両者の関係を象徴的に表わすものとされていた。
(21) 暗闇にまぎれて、別の女性が寝室をともにするいわゆる「ベッド・トリック」のこと。『終わりよければすべてよし』では、女主人公ヘレナがダイアナの代りにバートラムと夜をともにし、『尺には尺を』では、アンジェロの相手をイザベラに代ってマリアナがつとめる。
(22)『空騒ぎ』では、ドン・ジョンとボラーキオが奸計をめぐらし、ボラーキオの恋人マーガレットに協力させて、あたかもボラーキオがヒアローと関係あるようにクローディオに信じさせる。
(23) Apollonius of Rhodes（Apollonios Rhodios）

（前三〇〇―二〇〇）アレキサンドリアの詩人。『アルゴナウティカ』*Argonautica* という詩を若い頃に作ったが、評判がよくないことを知ると、ロードスに行った。後にこの詩を縮め、それが評判になり、アレキサンドリア図書館の館長に任命された。

(24) **Lucius Appleius** 二世紀後半のラテン作家。アフリカのマダウラに生まれ、カルタゴとアテナイで修辞学、音楽、哲学を学び、ギリシア、ローマ、小アジアを旅行した。後カルタゴに定住し、詩人、哲学者、修辞学者として名をはせた。『黄金のロバ』*Asinus Aureus* が有名。

(25)『間違いの喜劇』第二幕第二場二一四―二一〇行。

(26) ギリシア以来、人間は四つの体液に従った四つの気質があると考えられているが、ベン・ジョンソンも、このギリシア以来の気質理念を用いて戯曲を作っている。彼はただたんに、戯曲のなかで四つの気質を表現しようとしたのではなく、その気質を用いることによって、当時の時代を諷刺しようとしたのである。

(27) **Henry Bergson**（一八五九―一九四一）フランスの哲学者。彼の思想は現代文学や思想に対して深い影響を与えた。彼によれば、笑いというのは、われわれの精神や肉体が機械化して、ちょうど機械人形のようにぎくしゃくとした動きをもつ、自動現象におちいったときに生ずるという。つまり、われわれの精神や肉体のこわばり（かわらぬひとつの行為にしばられること）が笑いを生み出すという。

(28) **Alexander Pope**（一六八八―一七四四）イギリスの詩人、批評家。『牧歌』*Pastorals*『人間論』*An Essay on Man*『批評論』*Essay on Criticism* が有名。ここで言及されている「支配的情熱」という言葉は、彼の『道徳論』*Moral Essays* の一二六二行、**And you, brave Cobham! to the latest breath / Shall feel your ruling passion strong in death** からの引用。

(29)『終わりよければすべてよし』第五幕第二場四六行。

(30)『あらし』第五幕第一場二一二行。

(31)『お気に召すまま』第五幕第四場一一六行。

(32) *The Phoenix and the Turtle*（一六〇一）シェイクスピアの手になる詩。ロバート・チェスターの『愛の殉教者、あるいはロザリンの不平』*Love's Martyr: Or Rosalin's Complaint*という詩集の中に入れられて出版された。この作品は謎めいていて、あいまいな部分がみられ、批評家の想像力を刺激した。

(33)〔ギリシア神話〕エロスはアフロディーテの息子で恋愛の神であり、ナルキッソスは水に映った自分の姿にあこがれて溺死し水仙になった美青年。

(34)『真夏の夜の夢』第三幕第二場三七五行。妖精の王オベロンと女王タイタニアがインド人の少年を奪いあうが、少年は結局オベロンの手に渡る。

(35)『十二夜』第二幕第三場四四行。

(36)『十二夜』第五幕第一場二三七―八行。

(37)『じゃじゃ馬馴らし』第五幕第二場一一六行。

(38)死の象徴である鉛の箱にポーシャの肖像が入っている。

(39)『ペリクリーズ』第一幕第一場七七行。

(40)『ペリクリーズ』第三幕第二場五六行。

(41)**Robert Graves**(一八九五―一九八五)イギリスの詩人、小説家、批評家。ここに言及されている『白い女神』というのは、一九四七年に出版された、彼の人類学的神話学的な研究である。彼によれば、古代の女性、多産の女神、母神、月の女神である白い女神は詩神ミューズになった。そして詩は、原始社会でこの女神を崇拝するなかで生まれたという。

(42)**Thomas Campion**(一五〇七―一六二〇)イギリスの詩人、作曲家。英詩における'**rhyme**'の無用を主張したことで有名。

(43)アリストテレスの四原因のひとつ。他に質量因、形相因、目的因がある。

(44)〔旧約聖書〕、雅歌、第一章第五節、「私はケダルの天幕のように、サルマハの幕屋のように黒いけれど、美しい」、第五章第十一節「そのちぢれ毛は、しゅろの木で、からすのように黒い」。

(45)シェイクスピアのソネットはおよそ一五四からなっているが、そのうち一二七―一五二までがこの「黒の貴婦人」をうたっている。

(46)フォールスタッフは柄にもなく女性をだまして、金を取ろうというのである。

(47)**Max Brand**(一八九二―一九四四)アメリカの小説家。これはペン・ネームで、本名は

Frederick Faust である。力強い語り口の、古風な西部もので最もよく知られている。

(48)ウィンザーの森の番人。冬の夜にうさぎの角をつけて柏の大木をまわり、家畜をさらったり、雄牛の乳を血に変えたりすると信じられている。

(49)『ヘンリー四世』の一部、二部に、「シシガシラ亭」でポインズやハル王子、バルドルフ、ニム、ペト、ピストルなどと楽しくやっているフォールスタッフの姿がみえる。

(50)『ウィンザーの陽気な女房たち』第三幕第二場七七行。

(51)『シンベリン』第五幕第五場二六二行。

(52)『ヴェニスの商人』第三幕第二場五七行。

(53)〔ギリシア神話〕トロイの王ラオメドンの娘。アポロとポセイドンの怒りを鎮めるため、彼女の父親は彼女を海獣にさらすが、ヘラクレスによって救われる。

(54)『尺には尺を』第三幕第一場参照。イザベラの言葉から推定される父親像は、いわゆる道徳のモデルとも評される人物と思える。

(55)『ウィンザーの陽気な女房たち』第五幕第五場二六〇行。

(56)『恋の骨折り損』第三幕第一場一八六―七行。

(57)『恋の骨折り損』第四幕第一場一四六―七行。

(58)『恋の骨折り損』第五幕第二場九三九行。

(59)『十二夜』第五幕第一場三八一行。

(60)『じゃじゃ馬馴らし』には、まったく同名だが冠詞が不定冠詞の『ジャジャ馬馴ラシ』*The Taming of a Shrew* という異本がある。ただし、これが *The Taming of the Shrew* の翻案劇なのかあるいはシェイクスピアが参考にした粉本なのかについては議論が分かれている。

(61)『終わりよければすべてよし』第四幕第五場六六行。

(62)『終わりよければすべてよし』第四幕第三場三七三行。

(63)『空騒ぎ』第二幕第一場一四四―五行。

(64)スウィフトの『ガリヴァー旅行記』のなかに登場する馬の国で飼われている人間。頭と胸は濃い毛で覆われ、髯は山羊の髯のようで、長い毛が体中にかかっていた。悪臭を放ち、強欲で、好色で卑屈な生き物として描かれている。

(65)『コリオレイナス』第三幕第一場二五六行。心に思ったことをそのまま正直に口に出す正直な人間の意味。

(66) Moliere (Jean Baptiste Poquelin)（一六二二―一六七三）コルネイユ、ラシーヌとともに三大古典劇作家と呼ばれる。ここに言及されているアルセストは『人間嫌い』*Le Misanthrope* の主人公で、その極端な正義感から人間嫌いになる。

(67)『ヴェローナの二紳士』第二幕第三場四行。ここでラーンスは放蕩息子《プロディガル》というべきところを、不吉な人物《プロディジャス》と誤用している。

(68)『恋の骨折り損』ではコスタードらによって劇中劇が展開され、『真夏の夜の夢』でもボトムら職人六人による劇中劇が展開される。

(69) いかけ屋のスライが劇中劇をみるという設定で劇が始まる。

(70)『お気に召すまま』第二幕第七場一四二―六六行。

(71)『お気に召すまま』第二幕第一場一七行。

(72)『空騒ぎ』第一幕第三場。

(73)『十二夜』第一幕第五場九七行。「雅歌」第二章第五節及び第五章第八節、「私は愛に病んでいる…」

(74)『ヴェニスの商人』第三幕第一場六三行。

(75) たとえば、キリスト教でイエス・キリストの血に擬せられた赤ブドウ酒と、主の肉に擬せられたパンを食べて主と一体化するといった儀式。

(76)〔ギリシア神話〕地中海の出口、ジブラルタル海峡に臨むモロッコのアビラ山と、スペインのカルペ山は、もともとひとつの山であったが、ヘラクレスがこれをふたつに引き裂いたと伝えられている。ジブラルタルの岩には「これを越えるなかれ」と刻まれ、地中海をまたにかけた命知らずの船員たちもここを越えることはなかった。

(77)『終わりよければすべてよし』第四幕第五場四九―五九。

(78) 集団発生し、数が増えすぎると集団で海などに入り、自滅するといわれている。

(79)『間違いの喜劇』第四幕第四場二七―四〇行。

(80) アプレイウスは《黄金のロバ》の別名をもつ『転身譜』はロバの姿になったルキリウスなる男が、社会のいろいろな階層の人びとの生活を内側から観察し、さまざまな経験を積んで精神的に成長してゆく、十一巻からなる物語。注（24）参照。

(81)『間違いの喜劇』第二幕第二場二〇三行。

(82)『間違いの喜劇』第五幕第一場二四二行。

(83)『間違いの喜劇』第五幕第一場二八九―九〇行。

(84)『間違いの喜劇』第五幕第一場二七〇行。
(85)『間違いの喜劇』第五幕第一場三三四行。
(86)『真夏の夜の夢』第四幕第一場八八行。
(87)『真夏の夜の夢』第四幕第二場三五行。
(88)『真夏の夜の夢』第四幕第一場二一〇―二一六行。
(89)〔新約聖書〕「コリント人への第一の手紙」第一二章第九節。
(90)『あらし』第三幕第二場一四七行。
(91)『あらし』第四幕第一場一八八―九三行。
(92)『カンタベリー物語』のなかのひとつ。脚韻を踏む、古風なバラッド風のバーレスク。昔の騎士のロマンス詩をパロディ化して理想的な騎士像には遠く及ばぬ、フランドル地方の騎士の姿を揶揄した詩。
(93)『冬物語』第五幕第三場一二一行。
(94) **Guilio Romano** (**Giuli Pippi de Gianuzzi**)(一四九二―一五四六)イタリアの建築家。画家、ラファエロ以後のローマ派の代表的作家。ラファエロに師事し、ローマで彼を助け、その死後師の仕事を完成した。のちマントヴァに招かれてゴンザーガ家の宮廷画家兼建築家となり、同家の宮殿を設計、建築し、内部の装飾画を描いた。
(95) **Robert Green**(一五六〇?―一五九二)イギリスの劇作家。オクスフォードとケンブリッジでM・Aをとり、その短い生涯の間に数々の作品を生み出した。『パンドスト、時の勝利』は一五八八年に出版された散文のロマンスでシェイクスピアに『冬物語』の筋を提供した。
(96) 忠臣カミロは、レオンティーズからボヘミア王の毒殺を命ぜられるが、これを王に打ち明け、一緒にボヘミアに脱出する。
(97) 王子フロリゼルの恋に怒った王は、王子を追放し、これに同情したカミロが王子とともにシシリアを脱出する。
(98)『真夏の夜の夢』第五幕第一場三五九行。
(99)『冬物語』第一幕第二場六七行。
(100)『冬物語』第五幕第二場七八行。
(101)『冬物語』第二幕第一場一五〇行。
(102)『冬物語』第五幕第一場四一行。
(103)『冬物語』第五幕第二場三一行。
(104)『冬物語』第五幕第三場一五五行。
(105)『間違いの喜劇』第二幕第二場一九〇行。

第四章　海からの帰還

喜劇は、時間的に表現されたあらゆる芸術形態と同じく、根本的には、ある動きを完結させる方向に向かう力である。これまで、喜劇的推進力の性質についてその特性を考察し、それを同一性に向かう推進力と呼んできた。これは本質的には社会的同一性であり、劇の始めの部分に描かれている不合理な法律や、欲望、暴君の気まぐれがまかりとおる勢力をもった社会が崩壊して、主要な登場人物の結婚を中心に新しい社会が生まれるときに現われる。それが個人的な形で現われる場合には、自己認識の覚醒という形をとり、もっとも典型的には、気質とか機械的反復行動からの解放として示される。

シェイクスピアのロマンス喜劇は、この動きの完遂ないし完成した形態を示している。他方、アイロニックな喜劇は不完全な、あるいは異なった方向に向かう動きを示している。一般的に、アイロニーは、ロマンスにみられる完成された動きの挫折としてのみ理解できるのである。というわけで、アイロニーが生み出すパロディーを理解するためには、少なくとも無意識のうちに通常の、ないしはロマンティックな構想を心に描いておく必要がある。幸福な結末は形式上のものだと考えられがちで、ときにはそのようにみえることもあるが、どんなに冷笑的な喜劇であろうとも、シェイクスピアが、教養のある観客のために別の形の終わり方を考えていたなどと思ってはならない。ここでいう教養のある観客とは一般の人よりも皮肉屋で、伝統的なロマンティックな終わり方にうんざりしており、新しい別の形を受け入れるように要請されれば、これに迎合しやすいような人びとといってよいであろう。しかし、シェイクスピアは、シャイロックと同じように、自分の契約を文字どおり遂行することを断固として主張する。何組かのカップルが同時に結婚するシェイクスピアの祝祭的結末は、彼の譲歩の結果なのではなく、始めから劇の構造に組み込まれている伝統なのである。

喜劇の基礎となっている神話的な、また原初的な部分は、自然の力の再生や回復へと向かう動きであり、文学的喜劇のこのような面は構造よりもイメージのなかに、より直接的に表現されている。どのような文学においても、神話的中軸をなしているものは、生から死、そしてまた再生へと変転する自然の周期である。この周期の前半、つまり生から死、春から冬、夜明けから日没へと至る動きは、自然と理性の偉大なる親和関係の基礎を形成するが、これは自然のあらゆる動きが合理的秩序のなかでますます予言可能になってゆくという自然観である。このような自然観は、当然ながらエリザベス朝の人びとの心のなかに深く根を張ったものであった。これはさらに拡大して、たとえばシドニー(1)が、「耳という当然ふさわしい場所」ではなく鼻に輪を通す習慣は恐しいものだと言っているように、作家にとって当り前なことはみな自然であるという風潮にさえなってゆく。戯曲においては、悲劇や史劇（悲劇に非常に近いことが多い）あるいは純然たるアイロニー（たとえば『トロイラスとクレシダ』における）は、もっぱらこの前半の周期を中心にしている。シェイクスピアの悲劇の終幕では、思いがけない事件が起ることが多いが、観客の大部分はなにか必然的なものがここで自然に解決してゆくという感情をいだいている。史劇でも一種の「業《カルマ》」、すなわち因果応報の必然的結果を絶えず生み出す悪業の力が扱われている。『へンリー六世』の三部作を通じて、リチャードを失墜させエドマンド・モーティマを暗殺したランカスター家の原罪が「業」の洪水をひき起こし、これが一部ではトールボットを、二部ではハンフリー公を、三部では寛大ではあるが無能なヘンリー六世その人を孤立させ、失脚させる。史劇の構成概念は運命の輪である。(2) それはチョーサーの修道僧によれば、魔王ルシファーの失墜(3)とともに回転し始め、すべての偉大なる人物の失墜のなかで繰り返されている。ウルジーをはじめ、失墜の悲劇にみまわれた偉大なる人物はみな、つぎのような事実を思い知らされるのである。

彼が墜落するときはルシファーさながら
二度とふたたび望みを抱くことはない。(4)

運命の輪は悲劇的概念であり、決して純然たる喜劇的概念ではない。とはいえ、史劇はその輪を途中で止めて技法的に喜劇的結末を作り上げることもある。たとえば『ヘンリー五世』は、征服に成功し王が結婚する場面で終わっている。しかしながら、エピローグに示されているように、ヘンリー王はほどなく他界し、その後六十年にわたって絶え間ない不幸が続くのである。『ヘンリー八世』では、主要な人物であるバッキンガム、ウルジー、そして王妃キャサリンの三人が失墜し、それに対応する形でクロムウェル、クランマー、そしてアン・ブーリンの三人の出世が描かれている。劇は、後の三人が勝利を収める場面で終わっているが、観客は、運命の輪が回り続け、同じように彼らを失墜させることを知っている。ヘンリー八世は強大な力をもった王であるため、リチャード二世のように、運命の輪に翻弄されるのではなくて、みずからその輪を回す。しかし、劇の終わりでクランマーが、君臨する王は救世主のごとき支配者となるという旨の予言をするが、そのなかにみられるように、純然たる虚構文学を除いては、歴史劇は喜劇と同じように終わることなど決してないのである。

しかしながら、喜劇は死から再生へ、衰退から復活へ、冬から春へ、そして闇から新しい夜明けへと進む偉大な周期の後半をその基礎としている。興味深いことに、『冬物語』、『十二夜』そして『真夏の夜の夢』の三つの喜劇はいずれも夏至や冬至に関連する題名をもっている。おそらくこのなかで喜劇の循環のイメージをもっともはっきりと表現しているのは『冬物語』であろう。正確にいえば、「冬の物語」は、マミリアスが母親の耳もとで話をしようとする矢先に、レオンティーズの衛兵がハーマイオニを捕えるためにやってくるところで始まり、恐しい嵐のなかでアンティゴナスが死に、幼いパーディタが捨てられる場面で終わっている。十六年の歳月が流れ、新しい世代とともに劇の新たな物語が展開し始める。オートリカスの水仙の歌に予告されるように、物語がいやおうなく人生を動かし、盛大な羊の毛刈り祭りの場面で頂点に達する。そこでは一年を支配する自然の力が十二人の牧神の踊りによって象徴されている。再生の力が働くと、親同士の狂気じみた対立にもかかわらずフロリゼルとパーディタは結ばれ、パーディタの出生の秘密が明らかにされ、彫像となっているハーマイオニは蘇生し、ついにはレオンティーズまでが生まれかわる。
『恋の骨折り損』では、同じ象徴が否定的に表現され、観客はだまされて、喜劇的結末を見ずに終わってしまうことになる。貴婦人たちに対して廷臣たちは、最初はロシア人（ロシアはエリザベス朝の観客にとっては本来冷たい冬を意味していた）と名乗り、つぎに自分自身の本来の身分を明らかにする。しかし、それぞれのジルに恋い焦れる四人のジャックは恋に破れ、貴婦人たちは去ってゆく。春と冬の美しい二つの歌は喜劇的気分の崩壊を象徴するが、そのなかでは、冬が最後のしめくくりとなっている。『終わりよければすべてよし』のつぎのようなヘレナの予言的せりふにみられるように、同じイメージが多くの喜劇に現われることがある。

だが、言葉とともに、時は夏を運んで来るでしょう。
イバラがとげだけでなく葉をつけ、鋭いとげを持っているように、
甘い香りを放つでしょう。私たちは行かねばなりません。
馬車が待っています。時がたてば私たちも生き返るでしょう。
終わりよければすべてよいのです。でも、王冠はもっとすばらしいわ。(5)

このように、不毛から新生に向かう動きは悲劇的な動きと同じく自然なものである。なぜなら、それは実際に起こっているからである。しかし、自然であるとはいえ、そこにはどこか不合理な

ところもある。すなわち、もはやそこには自然と、理性や予言可能な秩序との親和感はみられないのである。死は生の必然的結果であるが、新しい生命は死の必然的結果ではないということが理解できるであろう。そうあってほしいと思うし、そのように期待すらしている。しかし実際のところその核心にはなにか理性では予測できない不可思議なものがある。それは想像上、信頼とか希望、愛などと同質のもので、決して合理的価値に属するものではないのである。もちろん、〈ひとつ〉の生命体が死を通して再生に至るという概念はまったく自然の秩序の範囲を越えている。しかし、このような概念は、セイザが「柩」からよみがえり、彫像となったハーマイオニが息を吹き返すといったように、シェイクスピアのロマンスのまさに中心となっている。それゆえにおそらく、これらのロマンスの確認の場面に実際現われているのは、日常的にみられるとはいえ、死こそなにか不自然なものであるというあのキリスト教信仰にみられる原初的感情であろう。

われわれはアイロニーの時代に生きている。われわれは、フロイトのいう「願望実現」を夢の世界、つまり「現実原則」に対応する無力な陰の世界に限定されていると考えがちである。悲劇をみていると、劇の作り出す幻想の現実性から強い印象を受ける。たとえばグロースターの失明事件は、現実の出来事ではないにせよ起きる可能性はあり、また事実起きているように思われる。また、ロマンス喜劇をみていると、こんどは現実が幻覚ではないかという印象を受ける。たとえば『お気に召すまま』の終わりでオリヴァーとフレデリック公爵が改心するが、そのようなことは起こるはずはないと思いながらも、現に目の前では、それが実際に起こっているのである。にもかかわらず、シェイクスピア喜劇の物語展開においては、「願望実現」と結びついた力は、決してわれわれの手の届かない、夢のなかの出来事というわけではない。それはまず第一に、夢に対抗できるほどに自然と現実に深く根をおろしたひとつの力であり、第二に、われわれが予測する世界を支配し、それを特徴づけてゆく、あの喜劇の進展過程にみられる力なのである。

しかし、このような喜劇にはどうしても説明できない不合理な要素があって、それがありうべからざる事件として、実にさまざまな形をとって現われてくるのである。たとえば、予期しない筋の変化、根拠のない偶然の一致、特定の人物の予測不可能な心の変化、舞台にまったく姿をみせない妖精や神や登場人物による恣意的な物語への干渉などである。すでにみてきたように、シェイクスピアは意図的に信じられないような筋を選び、結末の非現実性を強調している。喜劇的結末へと向かう推進力は、非常に強力であるため、筋の蓋然性や登場人物の気質、観客の期待といったもののつながりをすべてこわしてしまうほどである。その結果、最終的には悲劇にみられるような、これまでの物語展開から論理的に導き出される結果ではなくて、なにかその変形に近い結末に至るのである。

劇に関するさまざまな仮定は、信仰上の定理とか原理に容易に変えうることはすでに述べてきたとおりである。悲劇に関する仮定は、結局は形而上学的な運命とか、特徴のある行為から生じる道徳的宿命についての問題になるというのが普通である。宿命観は、悲劇と無縁になることはめったになく、悲劇に表現されているのが普通である。たとえばロミオが「不吉な星」[6]と呼んだり、グロースターが神の無関心と無頓着について語るのはその例である。十九世紀には、シェイクスピアが十九世紀的厭世家であるということを示そうとして、今あげたような一節を引用することが流行していた。その一方でシェイクスピアを自由意志と道徳的責任から救い出そうとした学者たちは、運命が一般的に性格に対応して働くということを指摘した。たとえば、『マクベス』の魔女は、ホリンシェッド[7]がいうように、運命の三女神であろうが、マクベスはあきらかに劇が始まる前に彼女たちと意識下の契約を行なっている云々はその一例である。喜劇では筋が乱暴に飛躍したり、登場人物の役割が突然変わったり、蓋然性をまったく無視して事件が新たな方向に変質したりするが、そこでは、神の摂理についての道徳的な格言に容易に辿り着く。

　こういうわけで、『じゃじゃ馬馴らし』の特徴をいくつか彷彿させるような筋をもったガスコイン[8]の『推測』では、登場人物のひとりが、幼い頃にさらわれたもうひとりの登場人物の息子であることが、新喜劇でよく使われる手法によって判明する。そして、この事件が父親の内省を促す。「フィロガノ、お前は、天の神の命令によって今ここに来たのかもしれない。これまでどんな手だてを使ってもゆくえ知れずの息子をみつけ出すことはできなかったのだから」。その言葉をうけて、同じように警句的返事が返ってくる。「確かにそうでございます。木の葉ですら神の命令がなくては、木から落ちて行かないのです」。マキアヴェリ[9]の『マンダラゴーラ』にも、道徳的には異なっているが構造的には同一の敬虔な内省がみられる。この劇では、忠実で貞淑な夫人のベッドに忍び込もうという若者のたくらみが主題となっている。若者は彼女の夫にいっぱい食わせ、彼女の母親と話をつけ、金で動く司祭を抱き込んで周到にことを運んだので、とうとう彼女も事の成り行きにまかせ、楽しむのは今のうちだと考えるようになる。というのも、うまい具合に愚鈍な夫や無節操な母親にめぐまれ、下劣な懺悔僧がこの情事は神の意志に違いないと説得したからである。

シェイクスピアはこのように、喜劇の筋を処理するにあたって神自身を持ち出すことはしていないが、結論は、神の代理人であるかのごとくふるまう登場人物や権力者にゆだねられていることが多い。『ペリクリーズ』のダイアナ、『シンベリン』のジュピター、『冬物語』の、舞台には登場しないアポロなど、三つのロマンスではともに神が結末をもたらしたり、結末に深く関わっている。一方、『あらし』や『尺には尺を』のように、それを人間が行なう場合には、登場人物は、魔法や崇高さに象徴される神秘的で神的な雰囲気をもっている。プロスペローが魔法使いであり、『尺には尺を』の公爵が高潔な修道士に変装して、修道女を志す娘と最後に結婚しても、われわれは別段おどろきはしない。魔法や崇高さといった主題は、『お気に召すまま』にも痕跡を残している。この作品では、聖者のような隠遁者がフレデリック公爵を改心させ、ロザリンドは魔法使いのおじがいるふりをする。そしてこのおじによって最後に一種の変身がもたらされることになる。ポーシャもまた、修道院への隠遁を装い、アントーニオの商売上の危機に関する「手紙」について魔術師のごとくに、もしくは予言者のごとくになにかを知っているようにみえる。もっとも彼女はアントーニオに（あるいはわれわれに）それをどうして知るに至ったかについて語ろうとはしない。『空騒ぎ』には、現代の探偵小説の一種のパロディ化がみられる。そこでは、ドッグベリーと彼の仲間が、最初から最後まで徹底してへまをすることによって、クローディオとヒアローの物語を再生の喜劇にする手助けをしている。ボラーキオの「あなたの知恵でもわからなかったことを、この浅薄な愚か者たちにあばかれてしまいました」[10]というせりふは、賢者を混乱させるために世の愚かなる者を使う神についての聖書の一節を、われわれに思い起こさせるのである。

すでにみてきたように、喜劇の物語は、厳格で不合理な法律の設定から展開し始める場合が非常に多く、『間違いの喜劇』と『真夏の夜の夢』はその典型的な例である。このふたつの作品とも、法律を公布するのは公爵であり、彼は、法律は絶対に破ってはならないものであり、高潔な支配者としてはどうあってもそれを施行しなければならないと公言する。民間伝承の主題となっていることの多い、王の早急な約束が人びとを拘束する誓いになるという話との類似性が特に際立っている。このふたつの例では、ともに物語が展開して法の抜け道をみつけると、その法律はすぐに消滅する。『間違いの喜劇』の冒頭では公爵が、法律に従って賠償金として金貨一袋を出さなければイージオンを赦免することはできない、と繰り返し述べるが、終幕では、金貨を差し出されると彼はたんに「それには及ばぬ。お前の父親の命は助けてやろう」[11]と言うだけである。シーシューースも同様に、ハーミアに対して、法の施行は「どうあっても曲げられぬ」[12]と告げるが、四幕ではその法律を反古にして、彼女の父親に「ここはお前の意志を曲げてもらわねばならぬ」[13]と言う。ヴェニスの公爵もまた、人肉裁判の矛盾を指摘されると、たちどころに特別に寛大な裁量権をみつけだすのである。

このように、不合理な法律は喜劇の世界におけるある種の社会契約で、最終的な社会が形成されると、われわれはそこに入ってゆかねばならないのである。不合理な法律は、また別の意味では、合理的で、生から死への必然的な動きを中心にしてめぐるあの自然の一面でもある。喜劇では、物語展開が最後に古い世代を和解させ、新しい世代に組み込ませるという形で終わることが多いので、不合理な法律に相当するものは内面化され、内部から一貫性を支える根幹的な存在へと変質する。ソリナスとシーシュースが自分の意志で法律を拒否するという事実は、われわれの人生においては法の支配から個人の気まぐれへの逆行を意味するが、喜劇の物語展開では、まったく逆の意味をもつ。エフェソスの公爵とヴェニスの公爵は、イージオンとアントーニオが、金ではなくより高い権力によって放免されたという事実を承認しているにすぎない。真実の愛とはいえそれを強制する方法をとったという点で、アセンズは間違いを犯した。しかし、実際、ロマンスにおいて女主人公に許されるのは真実の愛、貞潔、そして死のみだということもまた事実なのである[14]。アセンズの法律に関してさえ、ハーミアは喜劇の女神タリアの全智を背景にしてこう語る。

恋には物思いや夢やため息や祈りや涙が
かならずついてまわるように、
それも恋につきものの苦しみなんだわ。(15)

法律の内面化の動きをもっとも明確に示しているのは『尺には尺を』である。この作品では、公爵はいったんヴィエンナを去ってからひそかに戻り、人びとの目を欺き、姿を変えて行動する。彼は最後に戻ってきて〈裁判〉を主宰するが、それは一連の動きの完結を意味する。ドッグベリーとシャロウも、それがいかに滑稽であろうと、とにかくなんとかして永遠の社会秩序を——とても秩序とはいえないかもしれないが——示そうとする。

典型的な祝祭的結末では、それまでのいさかいのすべてが赦され、忘れ去られる。日常生活では、このような言葉が道徳的実体をともなうことはまれである。というのも、それは一般的には矛盾しているからである。つまり、あやまちを赦すことは、そのあやまちが事実だということであるが、あやまちを忘れることは、そのあやまちの一部が罪にあたらないことであり、また忘れることは赦しとはちがって自発的行為ではないのである。忘れることは一連の記憶の中断であり、それまでの行為がわれわれの手の届かないところに行ってしまうという一種の記憶喪失を意味する。通常は、夢から目覚めたり、ある世界から別の世界へと入り込んでゆく場合にのみこのような形で忘れることができる。したがって多くの場合、われわれは喜劇の主要な物語展開を

「夜の錯覚」つまり、夢や悪夢の世界のできごととみなさねばならない。喜劇では、最後の場面でわれわれは突然この世界から連れ出され、それゆえに、これまでの物語展開が幻想と映るのである。

『ヨブ記』は、技法上、最終章のゆえに喜劇といえる。そこでは、神が、ヨブの失ったものすべてに利子をつけて返すと述べられている。このなかには、ジェミア、ケジア、ケレン・ハパックという名のとても美しい娘たちの話も含まれている。だがわれわれはふと立ちどまってこう自問する。ヨブは三人の娘を失ったが、たとえいかに美しく、印象的な名前を持った三人の娘を新たに与えられたとしても、娘を失った男の心がそれでなぐさめられるのであろうか。それとも娘を失った癒し難い悲しみなどもはや感じてはいないのだろうか。というのも、新しく娘を与えられて、喪失感そのものが消滅したようにみえるからである。しかもここでは、再婚のような日常生活の再生によって癒そうと意図しているのではない。これは神々に対して「あなたのやさしさが、私の過去の苦しみをなぶりものにする」[16]というペリクリーズの気持と同じたぐいのものであるはずである。『ヨブ記』の著者は、アレグザンダー大王がゴルディオスの結び目を切ったような敏速な解決法を用いることによって、通常の喜劇的な形のなかで、みずからの劇の道徳的な問題を解決している。ヨブの報償の世界は悲惨と激動に満ち、一見人びとを慰めるようにみせかけて、実はいっそう人びとを苦しませるあの不可解なヨブの慰め手の世界とは異質の世界と考えて、始めてこのような解決策を受け入れることができるのである。

[17] [18] [19]

夢からの覚醒という意識は、シェイクスピアの劇にもひんぱんにみられるが、それがもっともはっきりしているのは、当然ながら、あきらかに夢と呼んでもさしつかえないような劇においてである。もしわれわれが、クローディオとヒアロー、アンジェロとマリアナ、イモジェンとポスチュマスの和解を受け入れようとするならば、われわれは、彼らの覚醒をも考慮しなければならない。この夢の世界の出来事は赦すだけでなく忘れることもできるからである。だが、それ以前の悲劇的紛糾で、最後の場面と関連したなんらかの実在性がなければ、その劇は無意味なものになってしまうであろう。再生と〈テロス〉つまり喜劇の目的因は、ある意味においては帰還であり失踪である。日常生活では、われわれは夢と覚醒の断絶のみを意識している。だが劇では、これが物語のすべてではない。悲劇ではその二つの世界の関連性を強調するために、予言や神託、亡霊、大団円の予兆となる多くのものが使われる。喜劇では、『失楽園』でアダムが目を覚まして夢のなかの出来事が事実であることを知るように、夢のなかの物語に実質を与える覚醒が結論となっており、キーツはこれを想像力の中心的象徴と考えた。われわれは、夢のなかのなにかに支配され、なにかによって知らされる世界で目を覚ます。これをヒポリタはつぎのように語っている。

でも、昨夜聞いた話はみな、
人びとの心がひとつに

変わってしまったこともありますが、
気まぐれな想像よりもずっと確かで、
なにかとても道理に合っています。
でも、それでも不思議な、おどろくようなお話でした。[20]

喜劇の祝祭的結末は一般的に、観客が、全体としてその物語にとって好ましい解決と考えるものを表わしている。これは物語展開自体には好ましくないものも含まれているということであり、たとえば、非情な暴君や愚かな敵対者の優位、愛する者との別離や不和などはその例である。このようなものは、劇の始まる以前に、少なくとも潜在的に抱いている基準からすれば、好ましいものではない。結末は、先行する願望意識を回復するが、それはたんなる願望の再生ではない。なぜなら、それはわれわれが、物語展開に対してある種の願望をもたない限りその願望の実体が分からないからである。なにか新しいものを明確化し、それを定義することが物語の目的であるが、新しいものは、古いものの修正あるいは変形でもある。

なにが好ましいものかについて多少なりとも明確な考えをもって劇場に行き、たんにその願望の再生を劇に要求することももちろん可能である。この欲求が感傷と呼ばれる芸術上の概念の核心となっている。つまり、感傷とは劇の物語展開の始めに戻る動きではなく、なんら物語の影響を受けない、劇以前のわれわれの精神状態に戻る動きをいうのである。シングの『西洋の伊達男』[21]

は、第一回目の公演で暴動を引き起こしたが、その理由のひとつは、観客が心に描いているアイルランドの田園生活、すなわち労苦にやつれた母親マッチリースと目をしばつかせている父親オフリンの牧歌的理想郷と、劇の結論とを一体化することができなかったためである。感傷は、大人の経験を放棄して、庇護された安全な子供の世界に戻りたいという願望と密接な関係をもっている。その典型的な文学的表現は、「今私は横たわって眠る」という一節で始まる詩についてもっとよく知りたいという『ニューヨーク・タイムズ書評』に宛てた手紙である。英国の劇のなかでだれもが異口同音に感傷的だというのは、バリの『ピーターパン』[22]のなかで――感傷という点からみれば両者に大差はないのだが――登場人物が観客に向かって、妖精を信じてくれ、少なくとも信じていると言ってくれ、とたのむときである。『アントニーとクレオパトラ』に対するヴィクトリア朝のある婦人の反応について有名な話がある。彼女は「現在の王室の家族関係とはずい分違っているわ」と言ったのだが、この言葉の根底には、十八世紀、十九世紀の感傷的な家庭喜劇に触発された観客の精神的態度がみられる。

感傷的であることは、通常、文化的には一定水準以下であるとされているが、これは芸術における前進運動、つまりありふれた価値のなかから次々に新しいものを発見してゆく新鮮な感覚を否定するからである。感傷はありふれた反応や、すでに心に抱いている、もしくは少なくともそれについて知っている型通りの連想に訴えかける。教会や国家の象徴のように、忠誠を要求するようなものは、たんにわかりきったことを継続、反復することによって機能している。同じ教養が日曜日ごとに朗誦され、学校では毎朝同じ国旗に敬礼する。かくして、宗教的、愛国的芸術はおおむね感傷的なものとなるのである。感傷は本能的に涙多きものであり、結婚式においてさえもそうである。その理由のひとつは、感傷が、あらゆる経験の情容赦ない時間的前進に対して子供のように抵抗し、それを郷愁の念によってとらえようとするからである。構造と雰囲気の区別にさいして、私は、構造は共同体の焦点であるが、雰囲気の画一性は画一的反応を要求するがゆえに、共同体を破壊して群衆にしてしまう、つまり、笑劇やグラン・ギニョール風[23]のメロドラマや極端な教訓主義に共鳴する観客にしてしまうと述べた。感傷は本質的に雰囲気に対する群衆の主観的な反応と同質なものである。感傷は引っ込めることはできても引き離すことはできない。それは利己的な感情であるが個人的な感情ではない。それは集団的なものであるが社会的なものではない。

感傷という概念について少し頁を費したが、それは、感傷に非常に近いが、それとはまったく違ったものがシェイクスピアの喜劇の中心になっているからである。感傷は馴染みの深いものに対する執着であり、そのためわれわれを主観的な子供時代へと導いてゆく。だが、芸術には別の世界がある。それはブレイク[24]の『無垢の歌』やヴェルギリウス[25]の『第四の牧歌』に表わされた世界である。そこでは子供時代にではなく、子供時代に象徴される無垢の状態に帰ってゆく。エデンの園や黄金時代、ないしそのようなものから派生した無数の物語や牧歌的伝統、その他多くのもののなかに回帰した世界である。この世界は、過去の歴史的事件として、また非常に伝統的なものとして描かれる場合が多いが、主観的な感傷にひきずられることはない。というのはその世界は見ることも経験することもできない世界であるため、われわれの回帰の対象として描かれる場合には純粋に新しい世界となるからである。これはシェイクスピアの喜劇やロマンスの基礎となっている世界により近いが、シェイクスピアにおいては、いつも同じような素材を用いているようにみえても決して感傷的になることはない。

したがって、シェイクスピア喜劇の物語展開は、たんに循環的であるばかりでなく弁証法的でもある。最終場面の再生の力は、われわれをより高い世界へと引き上げると同時に、その世界と喜劇の物語展開自体の世界からわれわれを切り離すのである。シェイクスピアの喜劇を構成しているこの弁証法的な要素を吟味することがつぎの課題である。その第一の特徴はロマンス喜劇の構造とキリスト教の中心的神話が相似しているということである。ダンテに自分の詩を喜劇《コメディア》と呼ばせているのもこの相似ゆえである。キリスト神話の枠組みは聖書の喜劇的枠組みであり、そこでは人間が平和な王国を失い、あえぎながらも人間の歴史そのものである圧政と不正の悪夢に耐えて、ついには本来の世界を回復する。この神話のなかには、これに対応するキリスト教徒の生活の喜劇がみられる。われわれはまず始めに、物語の外的障壁となっている非情な法律や一連の禁止令に出会い、最後に、法律の破棄によってではなく、内在化によってそこから解放される。そこでの法律は犯罪者に対するときのような外的な敵対者ではなく、行動の内的条件となる。

シェイクスピア喜劇のうちの二つの作品が、このようによく知られたキリスト教的な背景のなかで物語を展開させている。『ヴェニスの商人』では、不合理な法律を支持するのはユダヤ人ないし、シェイクスピアの観客が少なくともユダヤ人とみなしていた者である。シャイロックはさかんに悪魔呼ばわりされるが、それは法廷での役割が、死刑を要求する悪魔的な告発者だからである。彼が、「報いは自分で受けます」[27]と言って、キリスト教徒よりもバラバスの子孫であることを望むとき、彼はキリストの裁判のときのユダヤ人をまねている。彼を当惑させる救済の力は、彼のもつことができない血なのである。彼は証文の有効性と公正さを主張するが、ポーシャは明快なキリスト教的慈悲に訴えることでこれに応じる。証文どおりにせよという彼の要求は、彼が完全に慈悲心を捨て去ってはじめて履行される。イメージの背景には放蕩息子の話が暗示されている。それは、流浪と帰郷のキリスト教的物語の全体を要約する寓話である。

『尺には尺を』もまた、題名が示すように法律の道徳的破綻の主題が基礎となっている。この劇は、クローディオとアンジェロの二人がおかれている状況の微妙な違いを中心に回転している。監獄の場面でクローディオが劇的な頂点に達した後に、アンジェロがわれわれに正体を明かす。クローディオは婚約し、夫婦同居権を先取りしている。アンジェロは婚約するが、経済的条件が満たされないために、マリアナを捨てる。法律的には、このためにクローディオは死刑囚となり、アンジェロは徳の模範となる。衡平裁定すなわち、個人的な正義観で裁定すれば、衝動的なクローディオが好ましい人物となり、用心深いアンジェロは、魅力に欠ける冷血漢となる。善悪についての知識は、善悪についての真の知識とはならない。アンジェロが法の執行権を与えられるのは彼が誘惑に強いからだ、ということがはっきりと語られている。問題喜劇が対象としているような一般的社会的通念では、そのような言い方は不合理である。法に対する賛否はどうであれ、法律の有効性が、その執行者である判事の個人的道徳性に基づくものでないことは確かである。『尺には尺を』に述べられていることからすれば、執行者の言葉は決定的で、まったく矛盾はみられない。もしある人が本当に純粋な状態で法律を守ることができるとなれば、アンジェロに社会の全責任をゆだねるという愚かな試みもすべて正当化され、また、公爵が無能な聴聞僧としてではなく、もっと違った姿で人びとの前に戻ってきてほしいという願望も起こらないであろう。

恩寵と報酬のいちじるしい不均衡は、すでに幾度となくみてきたように、シェイクスピア喜劇全体にみられる。そこでは、「恩寵」という言葉は重要な主題を表わす言葉となっている。『恋の骨折り損』では、この主題は宮廷風恋愛の用語として示されているが、宮廷恋愛では宗教用語を独自の枠組みのなかで使っている。ビローンは隠遁して学者の道を歩む決心に反対してつぎのように抗議する。

なんといっても人は誰も、生まれつき情欲というものをもっているんですよ。
それは力でおさえきれるしろものではないんです。特別な恩寵が必要なんです。(28)

ナヴァレの王の「意匠を凝らした花壇」[29]は疑似的なエデンであり、そこでは、真の知識探究は「私にわかっていないこと」[30]を知ることであることが、幾度となく示されている。自分自身の功徳ゆえに救われるという主題は、「時代にぴったりの美の」[31]「異端」[32]あるいは、「名誉はみな喜ばしいものだわ」[33]と述べる王女の言葉にみることができる。ビローンは、王と三人の貴族は恋の力に屈して誓いを破ったがそれも「清められ、美徳となった」[34]のだ、と告白するが、ロザラインは彼に、まず「自分を清め」[35]、嘲弄癖をなおさなければならないと言う。

そんな癖がでてくるのは、くだらぬ冗談を笑って聞く人が、そういう愚か者たちにつまらぬ慈悲をかけるからです。[36]

シェイクスピアにおいては、彼のあらゆる同時代人にもみられるように、春から冬へ、そしてふたたび春へとめぐる通常の自然の周期は、実在の三つの形態の中間を形成している。神学者によれば、人間は死と同時に普通の物質界に入ってゆく。その上には神が人間を住まわせようとする自然界つまり、聖書のエデンの園や古典伝説の黄金時代に象徴される場があるが、ここは春と秋が同時に存在する永遠に豊饒な世界である。この世界に、あるいはこれに相当する内的世界へ戻ろうとする努力のなかで人間は、法律、宗教、道徳そして（シェイクスピアのイメージではは るかに重要なものであるが）教育や芸術という手段を用いる。というわけで、ポスチュマスについて「人生の春というのに早くも豊かな実り[37]」といわれるのは、彼がいとも容易に教養を身につけはじめたことを示しているのである。ロマンスではあらゆる芸術が再生の象徴として用いられるが、とりわけ重要なものは伝統的な芸術である音楽である。音楽が伝統的であるのは、この上位の自然界全体が星の輝く天体の世界であって、秩序を保って回転しているからである。そして人間の耳には聞こえぬ音楽をかなでているが、この音楽こそ、魂の調和を象徴しているのである。この魂の調和が転じて女性の貞潔の象徴となるが、貞潔はミルトンの『コウマス』に至る牧歌的ロマンスでは、自然界の高次の秩序の象徴であり、内包された精神力の象徴である。この上位の世界を象徴する中心的な存在は月であり、月は自然界のふたつの秩序と、貞淑の女神シンシア、すなわちダイアナ[38]の住居の境界となっている。

自然の周期や普通の物質界の下方には、シェイクスピアがしばしば「無」という言葉で描き出し、さらにたびたび嵐で象徴している無秩序の深淵がある。ここはまた、あらゆるものを押し流して無と化す貪欲な時の世界でもある。人間にあっては、暴風雨や嵐に匹敵するものは、狂気、幻想あるいは死そのものである。喜劇の物語が進展してゆくにつれて、中間の日常の経験の世界はその上の世界へと消え去り、その下の世界からは切り離される。『冬物語』の紳士は、パーディタの発見という確認の場面を報告して、王とカミロは「罪のあがなわれた世界や破滅の世界について聞いたことがあるように思われた[39]」と言っているが、これはロマンス喜劇の弁証法を構成している贖罪と破滅の分離なのである。

渾沌、嵐、幻想、狂気、暗黒、死といったイメージは、同一性の混乱という位相を示しつつ喜劇の物語展開の中間に現われるものである。一般的にはこの時点で、つまり、主人公や女主人公の運命が不運に向かった時点で、喜劇的弁証法が形成される。『間違いの喜劇』、『十二夜』、『ペリクリーズ』、また『あらし』自体も含めて、嵐に関係ある喜劇はすべて狂気のイメージが支配的である。『十二夜』の登場人物はほとんど全員が、ときに狂気に取り憑かれるといわれる。そしてこの主題は、マルヴォリオに対する意地の悪いいたずらの場面で頂点に達する。そこでは、マルヴォリオの、魂についての気高い思想が逆に彼の監禁の口実とされる。同様の主題が『じゃじゃ馬馴らし』の同様に不快な場面にも現われているが、そこではペトルーキオがキャサリンにむりやり正気である証拠を否定させる。オリヴィアはマルヴォリオのことを「まあ、これはまさに真夏の狂気だわ」[40]と言うが、おそらくこのようによく知られたせりふは、物語があきらかに五月一日ごろに設定されていると思われるにもかかわらず、『真夏の夜の夢』という題名になっていることの説明にもなるであろう。同じような狂気の主題の繰り返しは『間違いの喜劇』においてもはっきりと示されている。そこでは狂気を追い払うためにかけだしの精神科医が登場する。

『間違いの喜劇』や『ヴェニスの商人』では、死の恐怖を通して中心的人物へと物語が展開してゆく。『尺には尺を』では、死と直面する場面が、奇妙に薄気味悪い教戒師に変装した公爵と対照をなし、緻密に描かれている。この作品では、主な男性の登場人物は全員死の影におびえているが、舞台にはまったく登場しない海賊のラゴジンが病死する以外には、誰ひとりとして実際に傷つくことはない。すでに述べたように他の劇では、劇のイメージに関する限り、死に直面するかあるいは実際に死ぬのは主人公である。女主人公がなぐられたり、傷つくという伝統は、ボーモントとフレッチャーの常套手段だが、『シンベリン』では、ポスチュマスが変装したイモジェンをなぐり、『ペリクリーズ』では正しいト書きでどんな指示がしてあろうとも、マリーナが押しのけられるという形で現われており、『冬物語』では、ポリクシニーズがパーディタの美しい顔を茨でかき破らせるといっておどす、という形でその痕跡を残している。ロマンスでは、死との対峙が物語展開の中心となっている。『ペリクリーズ』ではマリーナ殺害の試みが、『シンベリン』ではポスチュマスが最後には救われるという幻想を抱きながら死を待つ牢獄が、その焦点となっている。『尺には尺を』と同じく、『シンベリン』と『冬物語』の両作品には、できる限り多くの人物に恐怖をいだかせつつも、実際に被害を受ける人物はできる限り少なくしようという意図的な努力があるように思われる。『あらし』では、アロンゾーとプロスペローを殺そうとする筋は別として、宮廷の一行は自殺寸前にいたるほどの狂気と幻想の試練を味わう。探偵小説では、犯人が絞られる前に、主要な登場人物全員に疑いがかけられるが、われわれは、ここでこの探偵小説の伝統との類似性に気づくであろう。「終わりよければすべてよし」という公式は、死からの救済、あるいは蘇生を中心的要素とする構造と、密接に関連しているように思われる。

喜劇は一般的に、本来の前提条件を反転させる方向に向かって展開する。したがって、極言すれば喜劇の物語展開は一種の方向転換といえる。たとえば、『十二夜』における、時はめぐりて、(41)というフェステの言葉、『じゃじゃ馬馴らし』の終章で、「めまいもち《ギディー》には世の中のほうがまわってみえる」(42)という格言についてのわきぜりふ、『空騒ぎ』でベネディックが最後に述べている、「人間は移り気《ギディー》なもの。これが私の結論です」(43)という言葉などはこれを示したものである。ベネディックの「移り気な」という言葉は、劇の始めの、酔払いボラーキオのこけおどしの言葉と呼応しているが、この言葉は一見なんの意味もなく、なんの関連性ももたないように思われるので、かえってはっきりと見定めておく必要があろう。

> なあ、この流行ってやつはほんとうにひねくれた泥棒だと思わないか。
> 十四歳から三十五歳までの血の気の多い者をみな、ひどく目を回《ギディー》させる。
> ときにはすすけたファラオの兵隊のようななりをするかと思えば、
> ときには古い教会の窓にあるベルの神の司祭のようななりをする。
> かと思えば、汚れた虫食いの壁掛に描かれている髯のないヘラクレスのようななりをする。(44)
> おまけに、その前袋のなかの物が彼のもつ棍棒ほどにがっしりしているようにみえる。

原初的芸術に関する言及はさておき、ここでは「流行《ファッション》」という言葉が二つの意味で使われていることに注目したい。ひとつは、絶えず変化するという意味での流行であり、人生における移《ギ》り気《ディネス》の原理を表わす。人びとはこの原理ゆえに、自分の気分、態度、偏見、また愛情などをもったり捨てたりするのだが、同時にこの原理は、たえず記憶喪失をわれわれの人生にまき散らす。そして、喜劇はその効果をもっとも明確な形で利用しているのである。この意味での流行には悪魔的な側面があり、流行が、ときにひねくれた泥棒と表現されるのはこのゆえである。ひねくれたという言葉は、多様な意味を含む地口としてわれわれの注意をひく。もうひとつの意味は、形成とか創造という意味での流行である。ボラーキオのせりふではこれが登場人物《ペルソナ》[45]の形をとって具体化されている。これは人びとが社会において示す芝居がかった演劇的態度であり、それゆえに、人生は劇場であり、また劇場も人生となるのである。しかし形成力としての流行の概念は、さらに深い意味を含んでいる。喜劇の物語展開における真の方向転換は、詩人が提示したものが観客の受容に転換することである。そしてこの転換が完結するのは、喜劇の物語展開のなかで結論となる世界が明確になり、物語がその下にある混乱と渾沌の世界から分離するときなのである。

『ヴェローナの二紳士』、『お気に召すまま』、『真夏の夜の夢』を含む一群の喜劇では、親の横暴や不合理な法律の世界から森へと物語が展開してゆく。喜劇的解決が達成されると全員が元の世界へと戻ってくる。セニオール公爵の宮廷とフレデリック公爵の宮廷が比較されるように、森の世界は外の世界とまったく対照的な社会を表わしている。森の社会は外の社会に較べて柔軟性をもち、寛大である。『ヴェローナの二紳士』の山賊は、殺人や「その他ささいな罪[46]」で追放された貴族たちである（これは彼ら自身の語る言葉であるが、『恋の骨折り損』と同じく、観客は、場当たりをねらってこの劇の一部を意図的に仕組んだなどとは考えないのではないかと思う）。この世界は、『お気に召すまま』の「黄金の世界」[47]とか、『お気に召すまま』と『ヴェローナの二紳士』の両方に登場するロビン・フッドの世界と関連している。それは、『真夏の夜の夢』ではあきらかに夢の世界であり、また『お気に召すまま』では、オリヴァーやフレデリック公爵に対する効果からもわかるように、少なくとも魔法の世界である。この森の世界を私は他の多くの論文で緑の世界（キーツの『エンディミオン』[48]、一章、十六節より）と呼んでいるが、これはさまざまな形の喜劇全般にわたってみられる構成原理を表わすものである。ここは喜劇の物語展開の目ざす先であり、また上位の純粋に人間的な世界が生まれ始める場所であり、それを中心に世界が結晶する場所である。

『真夏の夜の夢』では、森は妖精の住みかである。これらの妖精は自然の精であり、それぞれのかたちで、循環する自然の過程の一部となっている。オベロンとタイタニアが言い争うとき、二人の不和は悪天候として表現される。この作品では、妖精たちは一見自律的存在にみえるが、人間の生活と本質的に関わっていることは明らかである。この関係は、最後の場面の一家に対する祝福から豆の花がボトムの頭をひっかくことに至るまで、儀式のひとつであることがわかる。適切な状況下では、これはなまけ者の女中をつねる活力の精であり、シェイクスピアのロマンスでは、『コウマス』と同じく、非存在の世界とは一線を画した上位の人間世界の象徴である貞淑の精である（ミルトンの作品では、森は不吉な場所であるが、このイメージの逆転によって、この主題がシェイクスピアの主題でもあるという事実が変わるものではない)。妖精は『ウィンザーの陽気な女房たち』で再び姿を現わすが、この作品も最後の場面によって、森の喜劇とつながりをもっており、ここでも妖精たちは貞淑を助ける役目を果たしている。妖精たちがそれなりのかたちでフォールスタッフの激しい情欲に敵対していることは興味深いが、自分を悩ませたのが実は妖精ではなかったことを知ったときのフォールスタッフの嘆きはまったく絶望感にあふれている。

じゃあ、やつらは妖精ではないんだな。そうじゃないとは、三度、四度思ったが、自分が罪深いと思っていて、突然おどろかされてなにがなんだかわけも分からず、つまらぬものにだまされて、妖精とばかり思ってしまった。知恵も間違った使い方をすると、ひどく下らぬものになってしまう。(49)

さて、森、すなわち緑の世界は自然の社会の象徴であるが、ここでいう自然の世界とは、人間の本来の住みかである原始的人間社会を指しており、人間が現在住んでいる物質界ではなく、人間が回復を願っている「黄金の世界」なのである。この自然の社会は、日常的世界の枠組みのなかでは不自然にみえるが、実際には自然のもつ奇跡的で圧倒的な回復力という属性を備えている。このような関連を示すものに、夢、魔法、貞淑、あるいは精神的活力、さらに豊饒、再生した自然の活力などがある。シェイクスピアの時代には、魔法は「芸術」であった。これまでみてきたように、芸術、特に音楽は、人間にとって自然であるがゆえに、芸術と自然が一体化した世界に属する。

『ヴェニスの商人』には森は出てこず、また森はヴェニスの背景にはなじまないが、ベルモントのポーシャの館は、魔法と貞淑と不思議な音楽のある場となっている。この作品では、二つの社会の相剋が、真価と価値についてのいちじるしく緻密なイメージによって描き出されている。一方の極には、シャイロックが高利貸で得た黄金と富がある。このなかには猿を山ごともらっても手離せないような指輪も含まれ、そこで彼の娘は持てる者として位置づけられている。もう一方の極はポーシャの父親によって代表されるが、彼は自分の娘と三つの小箱を結びつけ、そのうちの鉛の箱が唯一の価値あるものとなっている。バサーニオの試練は黄金の羊毛を捜して舟出するアルゴナウテース[50]にたとえられている。そして、その背景には、外見と実体の関係、金もうけと賭けの関係を軸に、複雑な言葉の綾が織りなされている。指輪の価値にからんだたくさんの副筋が最終幕に現われ、アントーニオの投機は喜劇の物語が完結すると同時に災厄から利益へと変わる。

ロマンスでは、二つの社会が対立している。ひとつは現代的な意味での人工的な社会で、人間的な名誉心、情熱、利己主義などに満ちた洗練された貴族社会であり、もうひとつは、確立したばかりの、逆説的には「自然な社会」とも呼びうる社会である。この自然な社会は、森の喜劇の緑の世界から発展し、生命の治療者ないし、別の意味では保護者に擬せられる人物と関連している。『ペリクリーズ』では、民話の世界の医者セリモンがこれを表わし、魔術と音楽によってセイザを蘇生させるばかりでなく、社会全体を蘇生させる。彼を讃えるひとりはつぎのように言っている。

数多くの者たちは、あなたのおかげで命びろいをしたと言っております。(51)

『シンベリン』において自然な社会の焦点となっているのは、質素で粗末な環境のなかでシンベリンの息子たちを育てあげた里親ベレーリアスである。シェイクスピアが粉本として用いた劇ではベレーリアスに相応する人物は魔法使いであり、『シンベリン』でもベレーリアスの洞窟から不思議な音楽が流れてくる。イモジェンの命を守るピザーニオは、彼女をベレーリアスの世界にいざない、かくしてシンベリンの子供が人びとの中傷から逃れるという動きが完結する。ピザーニオはまた、イモジェンに与えた薬を通じて間接的ながら専門の医学的知識と関連している。

『冬物語』では、自然な社会はボヘミアの田園社会であり、その中心人物は、パーディタの里親であり、生まれてまもなく彼女を保護した羊飼いである。この世界では、オートリカスの譚詩(52)以外には不思議な音楽は聞こえてこない。もっともオートリカスは、自分の歌がオルフェウスにも似た効果をもっていて、「その歌がのこりの人びとをみんな俺のところにひきつけたので、ほかの感覚はみんな耳に集まった」[53]と悦に入って述べている。しかし、もうひとつの自然の社会であるポーリーナの礼拝堂では、ハーマイオニを目覚めさせるのは音楽である。そこではハーマイオニは宮廷のことはまったく知らずに何年ものあいだ眠ったように過している。われわれは、自然の社会が、特に女主人公――セイザ、フィデーリ、ハーマイオニ――が死に、生き返る世界だということに気づくであろう。同じ劇で、道化と羊飼いがオートリカスに対して自分たちはしがない人間だと答え、それに対してオートリカスが「それは嘘だ。お前たちは粗野で育ちの悪い者どもだ」[54]と言うとき、その背景に、『冬物語』の自然な社会と、正当な世継ぎでありながら砂漠に追放された聖書のエサウ[55]とヤコブの奇妙な関連性がみられる。同じようなエサウとヤコブの関連は、ランスロット・ゴボーがヤコブの子孫のユダヤ人を見捨てて逃げだすなかで、盲目の父親と出会う場面でもみられる。

『あらし』では、プロスペローの魔法と音楽の影響のもとに、物語全体が島という自然の社会のなかで展開している。宮廷の一行との橋渡し役はゴンザーロで、彼は劇以前には幼い、ミランダの命の恩人の役を果たしており、原初的な平等と安逸の素朴な黄金時代の夢を島に託している。『終わりよければすべてよし』の前半では、自然の社会は、王の病気をなおすヘレナの魔法の力のなかに取り込まれている。また前章でも引用したが、「狭い門のある家」[56]の方が好きだという道化のラヴァッチもまたこの世界の人であることを示している。『尺には尺を』には、濠をめぐらせた豪農の邸宅以外には自然な社会という領域はないように思われる。そこでは、見捨てられたマリアナが一日中座って「朝を迷わせる光[57]」の歌を歌っている。

自然の社会は多くの場合素朴で原初的であるため、社会的には宮廷に較べて劣っている。『終わりよければすべてよし』は、ヘレナがバートラムよりも社会的な地位が低いという状況で展開されている。またイモジェンとポスチュマスの関係も同様であり、また少なくともシンベリンはそのように感じている。ロマンスでは、社会的な地位の向上はきわめてまれで、ときには頑迷ともいえるほどの奇妙な階級意識があることに気づくであろう。『あらし』では、冷血漢のアントーニオが、喜劇的な悪漢のステファノやトリンキュローに較べてかなり尊敬の念をもって取り扱われている。パーディタは当然フロリゼルと結婚すべき人物であるが、王女であったという事実が判明してやっと、ポリクシニーズの怒りをのがれることができる。『シンベリン』のギデリウスは、祖国に対する大変な貢献にもかかわらず、クロートンを殺したかどで死刑を宣告されるが、本当の王子であるということが判明すると、その一事によって命が助けられる。「シェイクスピアの喜劇は、アメリカと民主主義にはまったく受け入れ難いものである」とウォルト・ホイットマン[58]は述べている。ところが私には、王子や王女がたんに社会的な現実にとどまらず、願望実現の夢でもあるということを理解するためには、シェイクスピア時代の社会よりも民主主義社会のほうがはるかに望ましい状態にあると思えるのである。自然の社会と宮廷社会の社会的象徴が同一であることをみきわめずに、後者によって前者を理解吸収しようとしてもそれはほとんど不可能であろう。

私はこれまで、魔術の放棄とともに劇が始まる様子について述べてきたが、それは、自然の秩序に従って機能するように作られた祭祀的行為が神話によって包括されるときでもある。またすでに述べたように、このようにして劇は魔術を放棄するが、同時に劇は詩的イメージ自体の性質を通じて再び魔術を回復する。この場合、詩的イメージは、類推と同一性、直喩と陰喩によって、自然と人間の秩序とを同化するのである。人間的な芸術では、このような魔術の放棄と回復という伝統的な象徴はオルフェウスである。オルフェウスという名前は、重要な意味をもつ一節で言及されることが多い。たとえば『ヴェニスの商人』でロレンゾーが調和について語るせりふのように、あきらかにその場にふさわしい場合に言及される。もっと広義で一般的な意味では、オルフェウスは四つのロマンスの主人公であり、彼の音楽的、魔術的、牧歌的な力によってセイザとハーマイオニを生き返らせ、ファーディナンドとミランダを結びつけ、イモジェンの祭祀的な意味における死をきわだたせ、キャリバンに不思議な夢を見させるのである。これまでみてきたように、シェイクスピアの喜劇においては、歴史劇を形成する運命の輪よりも自然の輪のほうが、その規模においてははるかに大きい。運命の輪の頂点は、絶えず人びとの判断と警戒を要求する傑作『リチャード二世』のなかの雑草の生い茂る庭として象徴される。この種の人物は、プロスペローが、自分は「人事の全権[59]」をまかせるにふさわしい人物をとうとう見抜けなかった、とミランダに打ち明ける場面にふたたび現われる。運命の輪の最下点は、強奪とか圧政、戦争、無実の人びとの処刑などによって表わされている。だが運命の輪はただちに回転する。史劇には相剋はなく、また回復ないし再創造された世界が姿をみせることもない。史劇の戴冠式の場面では、身代わりの山羊的人物がたびたび寵愛を失ったり、排斥されたりすることに気づくであろう。ヘンリー六世の戴冠式のときのファストルフ、およびヘンリー五世の戴冠式のときのフォールスタッフはその例である。同様にアン・ブーリンの戴冠式には、前王妃キャサリンが王寵を失う。したがって彼女が屈辱を受けるときに歌われる歌がオルフェウスの歌であり、それが死に際して夢みる幻の世界のなかで彼女が入ってゆくべき偉大なる輪廻の輪を思い起こさせるとしても別段おどろきはしないのである。

『トロイラスとクレシダ』の四つ折本の読者あての書簡には、シェイクスピアの喜劇はヴィーナスの海から生まれたものだと書かれている。[60] そのとおりかもしれない。だが、喜劇の終幕を司る泡から生まれたアフロディーテのすみかは底知れぬ深みをもつ大海の浅い岸辺である。これは渾沌そのものの海であり、聖書の怪物レヴィアタン[61]に象徴される虚無の地獄である。この怪物は深海に住む竜で、神の世の神のみが釣りあげて陸上に連れてくることができるといわれているものである。ハーフルーの壁の前でヘンリー五世は、町で略奪や強姦を重ねる兵士たちの混乱を鎮めようとしてこう言う。

我々は略奪をはたらく怒り狂う兵士に、
ただいたずらに、空しい命令を与えているようだ。

ちょうど、レヴィアタンに岸に上がってくるよう命じるように。(62)

また『ヴェローナの二紳士』ではプローティアスがつぎのように言っている。

というのもオルフェウスの琴は詩人の力でひかれるものだからだ。

その黄金のごときすばらしい演奏は、鉄や石をもやわらげ、虎をおとなしくさせ、

巨大なレヴィアタンを静まり返った海から砂浜に来させ、そこで踊らせるのだ。(63)

『ヴェローナの二紳士』はシェイクスピアの喜劇のなかでももっとも粗雑なものであり、語り手のプローティアスはかなり貧弱な人物となっている。だがこのような事実とは別に、この作品では、歴史の領域と喜劇の領域は明確に峻別されたうえで対比されている。

聖書のレヴィアタン(65)はたんに鯨とか海の怪物といったものではない。それは、ネブカドネザル(64)やエジプトのファラオと同一の専制的権力であり、同一性を失って渾沌とした深淵でもある。というのも陰喩の原理にしたがえば、海の怪物は海であり、海は、ノアの時代に世界を襲い、すべてを無に帰する洪水であり、ヨナを呑み込んだ怪物(66)であり、地中海で聖パウロ(67)の舟を難破させた嵐であり、黙示録の竜(68)であるということもできるからである。聖書の喜劇では、最後の審判のときまで、あるいはなんであれ聖書において、喜劇的な確認の場面に対応するような事件が起こる

まで、世界を支配しているのは反喜劇的な怪物的権力である。
シェイクスピアの嵐を扱った喜劇は、このようにほとんど聖書にちなんだ事件を連想させる。聖パウロの旅は『間違いの喜劇』と、さらにまた『あらし』とも共鳴している。『ペリクリーズ』では、舟乗りたちがセイザの身体を海に投げ込まねば船が難破するという迷信を信じているが、これはヨナの冒険のひとつを暗示しているし、瀝青で水がもれないようにした棺で彼女が無事陸に着くことができるという話は、方舟を暗示している。アンタイオカスもまた、その死が示しているように、聖書では反キリスト教的人物のひとりであるシリアのアンティオコス(69)と関係があるように思われる。以前にも触れたが、『間違いの喜劇』では、同一性喪失の恐怖感が、二、三の、水中に沈んでゆくイメージで表現されている。

この世界にとっては、俺は一滴の水にも等しい。
大洋にもう一滴を探し、仲間をみつけようと海に飛びこみ、
人に知られず、捜して歩き、みずから消えてゆくものなのだ。(70)

イメージのある次元でわれわれが感じる、どうしても海から上がることはできないという感情は、『あらし』において再現されている。『ウィンザーの陽気な女房たち』では、怒ったフォードの女房が、フォールスタッフのことをこんな風に言っている。「まあ、なんて嵐なんでしょう。おな

かに油をたっぷりつめたこんな鯨を、ウィンザーの岸に打ち上げるなんて」[71]。ここで思い出されるのはシラキュースのドローミオ弟を自分の夫と勘違いしたエフェソスのドローミオ兄の妻のことである。すっかりおじけづいたドローミオ弟は義姉のことを、その身体のでかいことといったらヨーロッパをすっぽりおおうほどで、脂肪ではちきれんばかりの怪物だとか、「彼女がこの世の終わりまで生きていれば、世界が燃えてしまっても、さらに一週間燃え続けるだろう」[72]と言っている。

『あらし』では、プロスペローの魔術は四大元素[73]によって構成される世界にのみ、その効果があらわれるといわれ、エアリエルを含めて召使いたちは、『真夏の夜の夢』[74]の妖精たちと同様それぞれの元素の精霊なのである。この白魔術はシコラクスの黒魔術[75]と対比されている。彼女には、月に対して魔法の力をかけることができるという伝説があり、スペンサーの無常[76]と同じく宇宙の全秩序を脅やかす力をもっている。プロスペローは『マクベス』の魔女のように嵐を起こすことができるが、その動機は健全で、魔術は高度の自然の秩序と調和しており、彼が魔術を捨てる直前、最後となる魔術は、天の音楽を「奏でさす」[77]ためなのである。

しかし、プロスペローが慈悲にあふれ、人間的であり、自然の周期に限定して自分の力をふるっているとはいえ、その周期の半分、つまり死から再生への過程は、われわれになおも不思議な気持を起こさせる自然の一面なのである。「不思議な」という言葉がたえずこの劇全体に響きわたっている。自然に照らして「不思議」だというアロンゾーに対してプロスペローは、不思議だと思っていることが実は自然だと言う。われわれは、プロスペローが魔法を捨てるときに語るせりふのなかで、死者を呼び覚ましたことがあると明言していることに気づくであろうし、また、『冬物語』でもいえることだが、一部の登場人物が、本当に死んで蘇生したということが強調されていることに気づくであろう。プロスペローは「さきほどのあらしで」[78]、ミランダを失ったかのごとくの発言をする。水夫たちは、不気味な音楽が響きわたる世界で物語の進行を見守っていたかにみえる。

うなるような、叫ぶような、ほえるような、
鎖が鳴るような、奇妙ないろいろな音がしていました。
それからもっといろいろな音がして、ほんとうに恐しい音でした。[79]

つぎに、この島は同一性が混乱した世界であり、嵐と海に象徴される虚無の世界である。さらにこの島には同一性を回復した別の世界もあり、そこでは、ファーディナンドがプロスペローから「第二の人生」[80]を受け、宮廷の一行が、ゴンザーロの語るように、真の自己を再発見するのである。ステファノとトリンキュローは、「汚物が一面に浮いている水たまり」[81]に落ち、キャリバンは一貫して魚と関連づけられる。彼らが水中の世界から脱出することはほとんど不可能である。宮廷の一行は幻想の「迷宮」[82]をさすらう。彼らにとって、現実と幻想の概念は逆転している。

認識《コグニシオ》の場面でアントーニオとセバスチャンは、暗殺によって権力を獲得しようという現実的な努力が不自然で実に現実性に欠けるものであり、魔法の島の驚異や不思議な出来事が、彼らの理性と感覚を浄化する煉獄の一部だということを理解している。

朝がそっと夜から抜け出し、闇を溶かす。
彼らの意識は目覚め、確かな理性を被っている無垢の蒸気を追い払い始める。(83)

プロスペローの芸術は魔術と音楽と劇を含むものであるが、その芸術によって明らかにされた上位の自然界ないし人間界は、ポリクシニーズが『冬物語』のなかで言っているように、それ自体が自然な芸術である。しかしながら、ポリクシニーズはこの上位の自然界をルネサンス的な知識でとらえている。彼にとっては、それは保守的な秩序であり、彼がそれを信じていることは、自分自身という切り株に羊飼いの娘という接ぎ穂を接木することによって自分が改良される、と考えて激怒するときにも一貫してみられる。パーディタは「縞石竹《バスタード》」(84)の花を拒否するが、それは私生児について彼女が生来神経質であるためではない。彼女の貞潔さは、シェイクスピアのつねとして活力に満ちている。そしてそれは、自然の純粋性を表わすのではなく、芸術の力を借りずに再生する不思議な春のように、脈動する力としての自然を表わしている。
自然の活力という意識は『あらし』にもみられる。『真夏の夜の夢』と同じく、この作品においても妖精は活力と貞潔の従僕であり、怠け者や放蕩者を「こらしめる」[85]のである。プロスペローの魔術は秩序や調和としての自然よりもむしろ、力としての自然と同一視され、空間よりも時間の、建築よりもむしろ音楽のイメージで表現されている。すべての魔術師と同じく彼は時間を厳密に守り(「まさにその瞬間がお前に耳を傾けるよう命ずる」[86]と彼は、ミランダに言っている)、彼の魔法は時間のリズムに従うときのみ力を発揮する。グリーンの『パンドスト』は『冬物語』の前半部分の出典となっているのだが、その副題は『時の勝利』であり、時そのものに喜劇的結末を引き起こす力が内在していることが、多くの喜劇のなかで示されている。ヴァイオラの、「時よ、私ではなくお前が、これを解決しなければならない」[87]というせりふのある『十二夜』から、時がコーラスとして擬人化され、その喜劇的な力を、

法律を廃すことも、ある習慣を植えつけると同時に根こそぎ引きぬくことができる。[88]

と言っている『冬物語』に至るまで、われわれは魔術と祭祀の精神つまり、適切な時に重要な行為を行なうという意識が、喜劇やロマンス劇のなかにいかに深く受け継がれているかを知るのである。

適切な時に対するこのような感覚は、『あらし』のイメージ全体に広がっている。月と波は、『冬物語』でもいくどか言及され、二つの作品はともに地中海を背景としているにもかかわらず、

月と波は時のリズムの一部となっている。同様に忍耐は、時が欲望を成就させるのを待つという徳目であるため、これも時のリズムの一部に属する。忍耐は、『あらし』の対話のなかで擬人化されている二つの徳目のうちのひとつであり、もうひとつは「かよわい女」である「節制《テンペランス》」[89]である。これはあらゆる喜劇の中心的な徳目であり、語源をたどれば、テンペストという言葉と同じく、時（テンペスタス）ないし時間の配分と関連するものである。ミランダの貞節は、制御された活力ともいうべきものである。これは時と祭祀の本来のリズムを守ることによって純潔から結婚へと発展してゆくはずのものであり、この抑制がくずれると自然の秩序全体が乱れてしまうたぐいのものである。この点に関するプロスペローの懸念は道徳的なものというよりもむしろ魔術的なものである。この対極にあるのが、『ペリクリーズ』に登場する父子相姦を犯すアンタイオカスの娘である。彼女は「惑星が一同に席についた[90]」もっとも適切なときに生まれ、その結果この上ない美貌に恵まれた。だが、ペリクリーズが語るように、

それに先立って奏せられているために、なんと悲しいことだ。
地獄の悪魔のみがその耳ざわりな音に合わせて踊っているのだ。[91]

音楽、つまり時間とリズムに支配される芸術に対する言及は、音楽と舞踏が必然的にこのようなイメージに含まれることを示している。同時に仮面劇や無言劇の動きについては、ト書が実に慎

重かつ入念に、動作を指示していることにも目を向けるべきである。

魔術と音楽に象徴されるこの上位の世界は、純粋で自然が回復された世界でもあるが、その下には普通の自然界の中間世界が存在する。この世界は、生と死の両極、つまり喜劇的なエロス[92]に対する悲劇的なタナトスに、あるいはアドーニス[93]、パックに対するピラマス[94]に代表される両極を循環する動きである。『真夏の夜の夢』では、キューピッドが「美しい処女王」[95]に矢を放つが、彼女はミランダと同じく、みずからの貞潔さゆえに月という高次の世界、ないし天空の音楽の世界に属する。矢は放物線を描くが、それは、いわば矢の落ちた世界の形を示している。矢は白い花の上に落ち、花を紫色に染める。この花は「恋の三色菫」[96]と呼ばれ、ほれ薬として使われる。だが紫色は死にゆく神の色であり、放物運動はおそらくシェイクスピアが、オヴィディウスのピラマス[97]の物語にある奇妙なイメージからとったものであろう。生が死を追究する、この循環する世界のもうひとつのイメージは、狩猟つまり、地上では狩りの女神の姿をとる月の女神ダイアナである。シーシュースとヒポリタが語る狩りの音楽についてのせりふはおどろくほど美しいものだが、それは天国の下に存在する世界の調和を示唆している。ここは神学的には「堕落」の世界であるがそれなりの美と活力をもった世界である。『十二夜』もまた、恋によって霊感を与えられた音楽、菫、狩りのイメージで始まっている。『恋の骨折り損』では、ホロファニーズによって、王女が鹿を殺す場面が、天から地に落ちるリンゴにたとえられている。このイメージの不条理性は意図的なものであるため、かえって不条理感が少ないのである。『あらし』にも木から物が落ちる場面があり、ステファノとトリンキュローが「しなの木」(ここでは、ラインという言葉はしなの木を意味している)、にかかっている「ぴかぴか光る上着」[98]を奪いあうのだが、つぎの場面では猟犬の姿をした精霊たちにさんざん追いかけまわされることになる。『十二夜』にはアクタイオンの神話[99]について言及した一節がある。この神話は当然、愛が死を追求するという白い女神の伝説[100]の中心となっているが、『お気に召すまま』やその他の作品にみられる鹿の角をかぶるという主題は、寝とられた男についての陳腐な冗談というよりは、むしろこの神話と関係が深い。エロスとアドーニスの同一視は、『冬物語』でも繰り返されている。そこでは。パーディタが、「遺体に対するように[101]」ではなく、「恋人同士が寝ころんで遊ぶ土手のように[102]」フロリゼルに花をまくのである。

シェイクスピアは、一対の歌を挿入することにより、さまざまな情況下で、かなりひんぱんにこの自然の周期の両極を表現している。すでに述べたように『恋の骨折り損』では、春と冬のふたつの歌が歌われていて、その順序が、喜劇的結末の延期を暗示している。『シンベリン』におけるイモジェンの暁の歌と挽歌についても、すでに述べたとおりである。『冬物語』の前半にはオートリカスの水仙の歌と対比するため、冬の歌があったかもしれないが、おそらくそこには歌がふさわしくなかったのであろう。それに代わって、マミリアスの墓場に住む老人のお化けの話がはいっている。『あらし』におけるエアリエルの最初の二つの歌は溺死を免れたことを歌ったものであるが、前者はおんどりと番犬の歌で、後者は弔鐘の歌であり、同じような対比をみせている。最初の歌に歌われている精霊は、プロスペローが波の届かぬ波打ち際から話しかける「足跡を残さぬ[103]」精霊である。

劇の展開はすでに十五年前にいったん終息し、以来、プロスペローは物語展開の外におかれた〈イディオテス〉となっている。彼の立場は始めのうちは、タイモンのそれとよく似ている。しかし彼は、「書物」と魔術に象徴される力を持っており、それはもっぱら、音楽と劇中劇に表現されている。タイモンも、洞窟に住んではいるが、魔術師ではない。彼は偶然に金をみつけるが、この劇に限っては超自然的な要素がはいる余地はない。その結果、タイモンは嵐の世界、すなわち自然界のあらゆる渾沌と破壊にみずからを同一視しようとした後に、ついに「海辺の波打ち際で[104]」死ぬのである。これとは対照的にプロスペローは、他の登場人物によって、いわゆる自然な社会を創造するために魔術を使う。この自然の社会は、彼らが熟知しているものよりも高次の自然の秩序を表わしているので、彼らがプロスペローから得るものは一種の通過儀礼であり、ヴェルギリウスのなかのアイネーアスの場合とよく似ている。そして、「未亡人のダイドー[105]」についての対話やチュニスとカルタゴの同一視が示すように、宮廷の一行はアイネーアスの旅を反復するのである。冒頭の嵐と怪鳥ハーピーの登場する宴には別のヴェルギリウスからの影響[106]がみられる。たとえ二、三の場面であろうと、シェイクスピアがオヴィディウスから目を離すのは珍しいことである。ゴンザーロは一種の混乱をきたし、ある種の精神的巡礼が行なわれているといった妄想を抱いている。彼は島を地上の楽園と考え、新しく染めあがったばかりの衣裳について語る。だが、アントーニオとセバスチャンがこのような見解にまで至るにはかなり時間がかかる。

プロスペローは、エアリエルの助けを得て登場人物を三つのグループに分けるが、この分類は前に述べた道徳の三つの規準におおよそ対応している。まず、男女の主人公であるファーディナンドとミランダであり、つぎには、徳のあるゴンザーロと「三人の罪人」(107)を含む宮廷の一行、最後は、キャリバンとステファノ、トリンキュローのグループである。彼らはそれぞれ典型的な試練を経験する。ファーディナンドは、キャリバンの後を受け丸太を積み上げる。宮廷の一行は、「真っすぐな道や曲がりくねった道」(108)をさまよい歩く。道化たちは馬を洗う汚れた池に落ちる。そして、それぞれが象徴的な幻想の世界を見るに至る。ファーディナンドとミランダは女神たちの仮面劇を見せられる。宮廷の一行は宴会に招かれるが、それは空中に消えてしまう。彼らは、貪欲に手に入れられるものがすべて現実だと考えて育ってきた。しかし、空中に消える宴会は、この種の現実が欺瞞にみちた幻想的な状態であることを表わしている。ステファノとトリンキュローは、目の前に下がっていたぴかぴかの衣裳を盗みたい誘惑にかられる。この三つの幻想は、『冬物語』の羊の毛刈り祭りの三つの段階と密接な関係をもっている。女神たちによる仮面劇は、フロリゼルが花の女王フローラにたとえてパーディタに言う「かわいらしい神々の影響」(109)という言葉と対応している。宮廷からやってくるポリクシニーズとカミロは冬の精霊であるが、祭りを幻想に転じ、つぎにその幻想をことごとく打ち砕くのである。オートリカスは、この機に乗じて財布を盗み、ぴかぴかの衣裳の切れ端を売る。彼は自分の売り物を「やすぴかもの」(110)と呼んでいる。これは、プロスペローがステファノとトリンキュローをさそうのに使っているのと同じ言葉である。

シェイクスピアのロマンス劇の相剋が十二分に、しかも完璧に描かれているのは、結婚式の仮面舞踏会の場面である。この仮面舞踏会は、虹の下における大地と天との出会いを表わすが、これは、嵐と洪水が去ったあとの、あのノアの洪水で洗い流された新しい世界を象徴し、そのときには、春から収穫の秋へという周期が決して止まることはないことが約束されるのである。実際、ここでは聖書的な場面がありありと思い起こされる。

汝には、収穫の終わりに春がめぐりくるであろう。(11)

しかし、この一節はもっと多くのことを物語っている。すなわちそれは、普通の自然の時の周期から抜けでて天国に到着した（ファーディナンドの言葉）ことを示しているのである。そこには永遠《ヴェール・ペルペトウム》があり、春と秋が同時に存在する。それは時間のない世界ではなくて、時間が日常生活とはまったく違った時間を経験する世界である。ミルトンはみずからの楽園を「春と秋が手に手をとって踊っている」(112)と表現しているが、彼は春の妖精と秋の刈り入れの農夫たちが踊る場面で終わるシェイクスピアの仮面劇を思い出していたのではないだろうか。ヴィーナスが仮面劇から特に排斥されているのは、この新しい天と新しい地が貞潔の世界であり、無垢の回復だからである。というのも、ヴィーナスはこの世界の下の生と死の周期に属しているからである。また、彼女がどこにいようとも「薄暗い冥界ディス」(113)も、同じくこの世界に属している。

この幻想の世界とともに普通の経験の世界は消滅する。というのも、最終的には実在と幻想つまり、創造されたものと客観的なものが分離するからである。ペリクリーズが「あらしよ／誕生よ死よ」(114)と呼ぶ世界は、最後には排斥される非存在の世界である。『冬物語』の言葉を借りれば、この世には回復された世界と破壊された世界しかない。仮面劇の世界では、時が生存のリズムであり、人間による自然の活力の回復である。その下の非存在の世界では、時はあらゆるものを呑み尽くし、ついにはみずからをも呑み込んでしまう。仮面劇の最後に、プロスペローは、この地上にある一切のものはこの時のなかで消滅すると語っている。すなわち、観客の世界は究極的にはまったくの無と化すのである。プロスペローがエピローグで語っているように、すべてはわれわれ観客次第である。一般的に登場人物は、舞台がはねた後でも自分の役柄についていろいろ質問されたいものだと聞くが、そうまでする必要はないであろう。というのも、現在われわれが興味をもっているのは、われわれ自身の同一性だからである。ピーター・クゥインスの芝居と同じく、なにかがこの劇に意味を与えているとすれば、それは、ヒポリタの言うように、われわれの想像力であって彼らの想像力ではない。プロスペローの仕事が終わり、すべてが終わると、すばらしき新世界の幻想が世界そのものとなり、消えゆく精霊たちの踊りは、果てしない宴となる。

第四章　注

（1）Sir Philip Sidney（一五五四―一五八六）イギリスの詩人。

（2）〔ローマ神話〕。運命の女神フォルチュナがまわす輪。運命の輪の概念は中世の芸術や文学で幅広く用いられた。

（3）「修道僧の物語」のなかで、修道僧は、かつては栄華を極めた有名人や、古典聖書にあらわれる名士たちが、運命の女神のまわす車輪の回転によって奈落の底におとされる姿を語る。そこには、ルシファー、アダム、サムソン、ヘラクレス、ネブカドネザル、バルカザール、パルミラの女王ゼノビア、アレグザンダー、ジュリアス・シーザーの名前がみられる。当時はこのように運命の女神の気紛れによって華やかな人生から一挙に奈落へと落ちるのが「悲劇」と考えられていた。

（4）『ヘンリー八世』第三幕第二場三七一行。

（5）『終わりよければすべてよし』第四幕第四場三一―五行。

（6）『ロミオとジュリエット』第五幕第三場一一一行。

（7）Raphael Holinshed（?―一五八〇?）イギリスの歴史家。『英国、スコットランド、アイルランド年代記』の著者として有名。エリザベス朝の劇作家のなかでも特にシェイクスピアに題材を提供した。

（8）George Gascoigne（一五二五?―一五七七）イギリスの詩人、劇作家。ここに述べられている『推測』は、イタリアの詩人アリオストの喜劇『グリ・スポジティ』を翻案した散文の作品である。また彼は、イギリスで最初の散文喜劇作家でもある。

（9）Nichola Machiavelli（一四六九―一五二七）イタリアの政治家。『君主論』で有名。この『マンダラゴーラ』はイタリアのルネサンス期に生まれた傑作喜劇のひとつとされている。

（10）『空騒ぎ』第五幕第一場二四四―五行。

（11）『間違いの喜劇』第五幕第一場三九三行。

（12）『真夏の夜の夢』第一幕第一場一二〇行。

（13）『真夏の夜の夢』第四幕第一場一八五行。

（14）ミューズの神々のうちのひとりで、喜劇の女神、喜劇の面と牧羊者の杖を持った姿で描かれている。

(15)『真夏の夜の夢』第一幕第一場一五三―四行。
(16)『ペリクリーズ』第五幕第三場三九―四〇行。
(17) 農夫のゴルディオスはフリジアの王に選ばれ、自分の馬車をゼウスにささげる。馬車のくびきは非常に巧妙に柱につないであり、その結び目をほどいた者は誰であれアジアの皇帝を支配するといわれ、アレグザンダーは、ひと振りでその結び目を切った。転じて複雑な問題を一挙に勇敢に解決することを意味する。
(18)〔旧約聖書〕ヨブ記の主人公であるヨブは、正しい幸せな生活を送っていたが、大きな不幸に襲われる。ヨブは神のこの試練によく耐え、神を呪うこともしなかったので以前にも増して繁栄を約束された。
(19)〔旧約聖書〕不幸に見舞われたヨブのところに、三人の友達が慰めにやってくる。
(20)『真夏の夜の夢』第五幕第一場二三―七行。
(21) *The Playboy of the Western World* ジョン・M・シングは、農民の間にはいって生活し、彼らの風俗、習慣、性格を主題にした悲劇や喜劇を書いた。客観的な観察を豊かな想像力によって構成した、詩的リアリズムとでもいうべきその作風は、今日でも高く評価されており、世界各国の劇作家に多くの影響を与えている。ここに言及されている『西洋の伊達男』は一九〇七年の作品であるが、アイルランド女性への侮蔑の言葉があるということで激しい攻撃にあい、一九〇八年にはダブリンで、いわゆる「プレイボーイ暴動」を引き起こすに至った。
(22) Sir James Matthew Barrie（一八六〇―一九三七）スコットランドの劇作家、詩人。代表作には『クオリティ・ストリート』*Quality Street*『名将クライトン』*The Admirable Crichton*『ピーター・パン』*Peter Pan* などがある。
(23) パリのモンマルトルにあったグラン・ギニョール座にちなむ。猟奇的作品の上演を特徴としていた。
(24) William Blake（一七五七―一八二七）イギリスの詩人、彫刻家、画家。この『無垢の歌』は一七八九年に、そしてこれと対になる『経験の歌』が一七九四年に発表された。
(25) Publius Vergirius Maro（前七〇―一九）ローマの詩人。「牧歌」eclogue とは、ふつう二人の羊飼いとその恋人との語らいが韻文で書かれたものであり、自分たちの心情から国内情勢、羊の飼い方から詩の作り方等に至る話が中心となっている。

(26) Dante Alghieri（一二六五―一三二一）イタリアの詩人。フィレンツェの小貴族の家に生まれた。一二九二年処女作『新生』*La Vita Nuova* を書いた。彼の『神曲』は規模といい内容といい中世からルネサンスにかけての最高傑作となっている。

(27)『ヴェニスの商人』第四幕第一場二〇六行。

(28)『恋の骨折り損』第一幕第一場一五〇―一行。

(29)『恋の骨折り損』第一幕第一場二四九行。

(30)『恋の骨折り損』第一幕第一場六〇行。

(31)『恋の骨折り損』第四幕第一場二二行。

(32)『恋の骨折り損』第四幕第一場二二行。

(33)『恋の骨折り損』第二幕第一場三六行。

(34)『恋の骨折り損』第五幕第二場七八四行。

(35)『恋の骨折り損』第五幕第二場八七七行。

(36)『恋の骨折り損』第五幕第二場八六七―八行。

(37)『シンベリン』第一幕第一場四六行。

(38)〔ローマ神話〕ローマの女神で、ギリシアではアルテミスといわれ、アポロと双子の兄妹で狩猟の神である。もともとは森の精霊で荒々しい自然の女神であり、森や泉を守っていたが、猟人、処女神としてギリシアのアルテミスと結合し、月の女神としての性格をもつようになった。清浄な貞操の神でもある。

(39)『冬物語』第五幕第二場一七行。

(40)『十二夜』第三幕第四場六一行。

(41)『十二夜』第五幕第一場三八九行。

(42)『じゃじゃ馬馴らし』第五幕第二場二〇行。

(43)『空騒ぎ』第五幕第四場一〇九行。

(44)『空騒ぎ』第三幕第三場一三八―四六行。

(45)「声を響かせる」という動詞から作られたラテン語で、もとはギリシア劇のなかで俳優がつける仮面を意味し、転じてその面に帰属する役割、俳優の扮する役柄、あるいは登場人物をさす言葉になり、さらに広く一般的に役割、人柄、人物などの意味に適用された。

(46)『ヴェローナの二紳士』第四幕第一場五二行。

(47)『お気に召すまま』第一幕第一場一二五行、『ヴェローナの二紳士』第四幕第一場三六行で言及されている。なおロビン・フッドは一一九〇年頃に、ノッティンガムシャー、ダービーシャー、およびヨークシャーにまたがる丘の多い森林地シャーウッドの森に出没した盗賊の親分で、金持ちから奪っては貧民に施した、いわゆる義賊であった。弓の名人でりっぱな郷士であったともいい、ハンティングドンの伯爵と称するロバートという名のものであったともいわれるが、歴史的根拠には議論がある。

(48) **John Keats**（一七九五―一八二一）イギリスロマン派の時代の代表的詩人。『エンディミオン』は、月の女神セレーネに愛された羊飼いエンディミオンについてのギリシア神話の物語を題材にしたものである。ここでは、月の女神セレーネに象徴される理想美をエンディミオンが地の中、水の底、空の上まで追い求めた話が語られている。

(49)『ウィンザーの陽気な女房たち』第五幕第五場一三〇―八行。

(50)〔ギリシア神話〕英雄イアソンがコルキスの国にあるというので有名な金の羊毛を捜しにゆくため、アルゴスという男に五〇人乗りの船を作らせ、アルゴーと命名した。この一行をアルゴナウテースと呼ぶ。

(51)『ペリクリーズ』第三幕第二場四四―五行。

(52)〔ギリシア神話〕トラキアの詩人で音楽家。彼のかなでるたて琴の妙なる調べは、鳥獣草木をも魅了したといわれる。

(53)『冬物語』第四幕第三場六二四行。

(54)『冬物語』第四幕第三場七四六行。

(55)〔旧約聖書〕イサクとリベカとの間に生まれた双生児のひとりで、ヤコブの兄。

(56)『終わりよければすべてよし』第四幕第五場五三行。

(57)『尺には尺を』第四幕第一場四行。

(58) **Walt Whitman**（一八一九―一八九二）アメリカの詩人。ニューヨーク州ロング・アイランドの貧しい農家に生まれる。詩集『草の葉』*Leaves of Grass* で有名。アメリカを代表する詩人として認められている。

(59)『あらし』第一幕第二場八一行。

(60)〔ギリシア神話〕愛と美の女神で、ローマ神話ではヴィーナスと呼ばれる。一説にキューテーラ島付近の海の泡から生まれたともいわれている。

(61) 民間神話的な怪物で、日蝕や月蝕を起こさせるものと考えられていた。「ヨブ記」第三十一章第二十五節参照。

(62)『ヘンリー五世』第三幕第三場二四―七行。
(63)『ヴェローナの二紳士』第三幕第二場七八―八一行。
(64)新バビロニア帝国の創始者ナボポラサルの子であり後継者。前六〇五年にシリアをバビロニアに合併。即位後バビロンを復興した。
(65)エジプト語で'great house'の意味。古代エジプトの国王の称号。紀元前三二〇〇年ごろから三〇の王朝にわたり、紀元前六世紀にはペルシアに、同じく四世紀にはギリシアに征服されるまで続いた。
(66)〔旧約聖書〕ヨナはニネベに対する神の審判を語るために遣わされようとしたが、彼はその使命を避けてヨッパからタルシシへ向かう船に乗り込む。船は暴風にあって難破しそうになり、神の命に背いたヨナは海中へ投げ込まれる。そこで大魚に呑まれて、その腹の中で三日三晩過ごした後、陸地に吐き出された。
(67)〔新約聖書〕小アジア、キリキア州の首府タルソのユダヤ人家庭に生まれ、その名をヘブル名でサウロといった。彼はキリスト教徒迫害に参加しようとダマスコに向かうが、この途上において復活のキリストの声を聞き回心を経験し、迫害者から宣教者へと大転向をした。その後熱心に伝道活動を行ない、地中海沿岸の各地で熱心に伝道にはげんだ。
(68)〔聖書〕ユダヤ教の終末論においては、龍は、現世の滅亡に続く〈新しい創造〉の前に一時縄目を解かれてヤハウェとの戦いを再開すると考えられたが、ヨハネ黙示録でも反キリストであり、サタンと同一視されている。
(69)**Antiochus**（前二四一？―一八七）シリアの王。
(70)『間違いの喜劇』第一幕第二場三五―八行。
(71)『ウィンザーの陽気な女房たち』第二幕第一場六四―五行。
(72)『間違いの喜劇』第三幕第二場一〇一―二行。
(73)自然界を構成すると考えられた地、水、空気、火の要素。
(74)『あらし』に登場する魔女。キャリバンの母親で、その名をシコラクスという。
(75)善神や天使の力をかりて行なう、善意の呪術のこと。白魔術に対して、シコラクスのような魔女や悪魔の助けをかりた邪悪な魔術を黒魔術という。
(76) Edmund Spenser（一五五二?―一五九九）イギリスの詩人。『仙女王』*The Faerie Queene* で有名。一五九一年に『世の無常についての小詩篇をあつめし哀願』*Complaints Containing Sundire Small Poems of the Worlds Vanitie* という詩集が出版された。この中には九つの作品が収められているが、いずれも世の無常についての歎きと冥想が書かれている。
(77)『あらし』第五幕第一場五一行。
(78)『あらし』第五幕第一場一五三行。
(79)『あらし』第五幕第一場二三二―四行。
(80)『あらし』第五幕第一場一九五行。
(81)『あらし』第四幕第一場一八二行。
(82)『あらし』第三幕第三場二行。
(83)『あらし』第五幕第一場六五―八行。
(84)『冬物語』第四幕第三場八三行。
(85)『あらし』第一幕第二場三二八行。第二幕第二場四行。
(86)『あらし』第一幕第二場三七行。
(87)『十二夜』第二幕第二場四一行。
(88)『冬物語』第四幕第一場七―九行。
(89)『あらし』第二幕第一場四三行。
(90)『ペリクリーズ』第一幕第一場一〇行。
(91)『ペリクリーズ』第一幕第一場八四―五行。
(92) 己のために他を求めるというギリシア語を語源とし、主として性的な愛を意味する。ギリシア神話の愛の神の名として使われていた。生、性、自己保存などの本能を含む。
(93)〔生の本能〕エロスに対する死の本能。
(94)〔ギリシア神話〕ヴィーナスに愛された美少年。ある日狩りに行きヴィーナスの不在中に野猪に襲われ死んだ。その血のしたたりから咲き出たのがアネモネの花であるという。
(95)『真夏の夜の夢』第二幕第一場一五八行。エリザベス女王に言及したものといわれる。
(96)『真夏の夜の夢』第幕二第一場一六八行。
(97) オヴィディウスの『転身譜』*Metamorphoses* のこと。ピラマスはバビロンの青年で、親の許さぬシスビとの悲恋が主題となっている。
(98)『あらし』第四幕第一場一九四行ト書き。
(99)〔ローマ神話〕ギリシア神話ではダイアナ。アルテミスが泉で水浴をしているときに、たまたまアクタイオンが通りかかり、その裸体を見てしまったために鹿の姿に変えられてしまい、自分の猟犬に追い回されるはめにおちいった。

(100)第三章の注(41)参照。

(101)『冬物語』第四幕第三場一三一行。

(102)『冬物語』第四幕第三場一三〇行。

(103)『あらし』第五幕第一場三四行。

(104)『アセンズのタイモン』第五幕第一場二一九行。

(105)『あらし』第二幕第一場八〇行。カルタゴの女王で、アイネーアスが難破してカルタゴの海岸に流れついたとき手厚く看病する。彼女はアイネーアスに恋するが、アイネーアスは神の命により彼女を捨てる。そのために、彼女は剣でみずからの命を断ち、海辺で焼かれ、その炎がはるか沖あいにいるアイネーアスにみえたとされる。

(106)『あらし』ではエアリエルの扮したハーピーが登場するが、これは女の顔と身体をもち、鳥の翼と爪をもった怪物で、ヴェルギリウスでは、トロイの兵士が食事をしようとしたときに、ハーピーが舞い降りてきて食事をさらってしまったことがしるされている。語源は snatch という意味のギリシア語。

(107)『あらし』第三幕第三場五三行。アランゾー、セバスチャン、アントーニオの三人を指す。

(108)『あらし』第三幕第三場三行。

(109)『冬物語』第四幕第三場四行。

(110)『あらし』第四幕第一場一八六行。『冬物語』第四幕第四場六〇八行。

(111)『あらし』第四幕第一場一一四―五行。

(112)ミルトン『失楽園』第五巻三九四―五

(113)『あらし』第四幕第一場八九行。

〔ローマ神話〕ギリシア神話ではハーデース。プルートーの別名で、黄泉の国の王。この神はすべての人から最も恐れられていて、この神が地上に出るときは、必ず犠牲者を地下に引きずり込むという。

(114)『ペリクリーズ』第五幕第三場三三行。

訳者あとがき

ノースロップ・フライはカナダの生んだ鬼才で、その活躍分野は社会、歴史、文化、宗教などのあらゆる面に及んでいるが、中でも文学研究においてはその異才ぶりを遺憾なく発揮した。フライの方法は、神話・祖型批評といわれるように、文学の源流まで遡り、そこから共時的な視点で文学を見通してゆくものである。そこには今世紀になって長足の進歩を遂げた社会人類学などの成果が取り込まれ、文学が個々の作家の想像力の産物というよりは、古代から脈々と流れ続ける生きた文化力として巨視的にとらえられている。

フライのこの方法は、批評・研究家の使命は、一つ一つの作品を自律的な世界とみなし、方法の違いはあっても、作品の優劣を論じ、価値判断をすることであると考えていた人びとを震撼させた。同時に、その方法が分類学、ないし、文学形態学だとする激しい反発を招いた。しかしながら、文学の価値評価をせず、その構造を分析するという方法は、衒学的な批評理論の迷路におちいっていた多くの研究家の心を捉え、瞬く間に各国に受け入れられていった。

フライの批評は、緻密な理論、文学のあらゆる分野を巨視的に論じる包括性、それによって構築される壮大な批評体系を最大の特徴としている。文学の構造の基盤を神話におき、そこから文学という巨大な象徴構造体が構成されていると考えるわけである。具体的には、様式論、象徴論、神話論、ジャンル論（以上『批評の解剖』に収録）、原型論、転位論（以上『同一性の寓話』に収録）およびこれを補足する二、三の論文によって批評体系を組み立てた後に、個々の作家についてこの論理を適用している。

シェイクスピアについては、喜劇とロマンスを扱った本書 *Natural Perspective*, 1965 のほかに悲劇を扱った *Fools of Time: Studies in Shakespere Tragedy*, 1967、それに *Northrop Frye On Shakespeare*, 1991 があり、それぞれ個性的であるが、フライ自身も認めているように、彼の理論がもっともよく当てはまるのは喜劇である。なかでも民話的な要素を多く残している晩年の喜劇、すなわち、ロマンス劇である。

ロマンス劇は、設定が非現実であり、物語が展開される背景は実際にはありえない架空の世界で、そのモデルとなる場所が実在する場合でも、事実上御伽噺の世界である。登場人物も怪物、妖精、架空の人物、超自然的な能力をもった半神的な人物など現実離れした者が多いうえ、プロットは突然飛躍したり、主人公はわけもなく不合理に心変わりをする。

こうしたロマンス劇の特徴は、もっぱら四大悲劇や円熟期の喜劇によってシェイクスピアを評価していた人々を当惑させた。写実主義的、模倣論的な批評態度をとる批評家、すなわち、文学作品を人生の忠実な模倣であるとみなす批評家にとって、これは天才シェイクスピアの信じられない失敗と映った。かくしてシェイクスピアの晩年の喜劇は、「老年による想像力の衰退ないし枯渇」といった否定的な見地から見られるのが常であった。

ところが、フライはこれとは正反対にロマンス劇こそシェイクスピアがたどり着いた芸術的な到達点であると主張する。彼にとって、「ロマンス劇は、劇の構造に対するシェイクスピアの技術的な興味の着実なる成長の結果」なのである。

シェイクスピアの晩年の喜劇を高く評価すべきであることを主張したのは、コリン・スティル Collin Still、ウイルソン・ナイト Wilson Knight などが先駆であろうが、フライはこれを一つの命題として正面から取り組んでいるという点で、明らかに二人とは違っている。とはいえ、トロント大学時代に先輩教授として一時ともに教壇に立ち、個人的にも親交のあったウイルソン・ナイトから多くを学んだというフライが、ここでもヒントを得たことは想像に難くない。

晩年の喜劇がシェイクスピアの発展の所産だということを証明するために、フライはベン・ジョンソンとシェイクスピアを比較して詳細に分析し、ジョンソンが「構造」を前面に押し出しのに対して、シェイクスピアは「構造」を極端に単純化して作劇したことを、『新し亭』と『ペリクリーズ』を比較しつつ説明する。構造を重視したジョンソンが仮面劇に至ったように、経験を前面に押し出したシェイクスピアはオペラ的な総合舞台劇にいたるが、やがて二人のこの作劇の態度の違いは、抽象と純粋感覚といったまったく逆の方向に向かうことになる。

次にフライは「大衆的」、「伝統的」、「原初的」という社会人類学者がよく使う三つの視点から喜劇を分析してみせるが、本書でフライがもっとも力をこめているのは喜劇の構造に関する部分であろう。喜劇とは「幸福な結末」をもつか否かにかかわらず、喜劇的な構造をもつものをいう。すなわち、喜劇とは反喜劇的な社会から、渾沌と混乱をくぐりぬけて祝祭的な結末にいたるものをいうのである。ここでも神話に遡及するような原型、モチーフ、反復されるイメージなどが鍵となって緻密な理論が展開される。

ここに収録された四本の論文は、一九六三年にコロンビア大学で「バンプトン講義」として講じられたものである。一九六五年に書物の体裁になったときの原題は ***Natural Perspective*** であるが、これは ***Twelfth Night*** の一節からとったもので「自然が作りなした鏡」という公爵のせりふに、フライ流の「自然のままの視点」という意味を織り込んだ含蓄の深いものである。

本書は一九八六年に『シェイクスピア喜劇とロマンスの発展』として出版されたものを、今回三修社が「シェイクスピア・ブックス」を刊行するに際して改訂・改題したものである。翻訳の分担は、第一章と第二章を石原が、第三章と第四章を市川が担当した。互いに目を通して訳語やスタイルの統一に心がけたが、浅学非才のわれわれの仕事ゆえに、不十分な表現や誤りが多々あることと思われる。読者諸氏のご叱正を得られれば幸いである。

なお、訳文については、原則として恩師三神勲先生の訳を使わせていただいた。ただし、先生の訳のない作品については、小田島雄志、福田恒存など先輩諸賢の訳を参考に拙訳を試みたが、われわれの力が及ばず、諸賢の訳をそのまま使わせていただいたところもある。ここにご寛容を乞う次第である。

最後に、初版の発行の際に編集の労をとられ、今回また改定版の出版を勧めてくれた三修社編集部長の藤田眞一氏に厚く御礼申し上げる。

二〇〇一年九月

訳者

人名索引

文芸批評の原理 Principles of Literary Criticism 49
ヘキラ(継母) Hecyra 65, 86, 109
ヘッダ・ガーブラー Hedda Gabler 105
へぼ詩人 The Poetaster 54, 97
ペリクリーズ Pericles 14, 23, 25, 38, 39, 40, 41, 44, 58, 79, 80, 82, 93, 110, 113, 121, 125, 149, 151, 152, 153, 154, 164, 178, 192, 193, 199, 205, 210, 218, 220, 222, 223
ヘンリー四世 King Henry Ⅳ, Part Ⅰ and Ⅱ 165
ヘンリー五世 King Henry Ⅴ 38, 40, 89, 172, 221
ヘンリー六世 King Henry Ⅵ, Part Ⅰ, Ⅱ and Ⅲ 37, 58, 61, 99, 100, 142, 171
ヘンリー八世 King Henry Ⅷ 38, 58, 89, 99, 127, 172, 217
牧歌 Pastrals 163
法螺吹き軍人 Miles Gloriosus 161
ま
マクベス Macbeth 57, 58, 85, 98, 99, 104, 177, 206
マクベスにおける門を叩く音について On the Knocking at the Gate in Macbeth 98
間違いの喜劇 The Comedy of Errors 69, 80, 81, 109, 112, 113, 125, 147, 148
魔笛 The Magic Flute 35 163, 166, 167, 179, 192, 205, 217, 221
真夏の夜の夢 A Midsummer Night's Dream 81, 86, 104, 106, 109, 112, 140, 149, 164, 166, 167, 173, 179, 192, 195, 196, 206, 208, 211, 217, 218, 222
マリーナ Marina 39
マンダラゴーラ Mandragola 177, 217
ミュセドラス Mucedorus 78, 103
無垢の歌 Songs of Innocence 186, 218
名将クライトン The Admirable Crichton 218
メトセラに還れ Back to Methuselah 41, 52
モーセ五書 Pentateuch 112
や
幽霊屋敷 Mostellaria 161
世の無常についての小詩篇をあつめし哀願 Complaints Containing Sundire Small Poems of the World Vanities 222
ヨブ記 The Book of Job 182, 220
ら
リア王 King Lear 14, 32, 57, 82, 137, 138, 157
リシダス Lycidas 89, 106
リチャード二世 Richard Ⅱ 173, 202
錬金術師 The Alchemist 24, 48, 82
老妻物語 The Old Wives' Tale 21, 48, 81
ロザリンド Rosalynde 102
ローマ建国史 Ab Urbe Condita Libri 102
ロミオとジュリエット Romeo and Juliet 73, 97, 217
ロンドン・マガジン The London Magazine 98
わ
わが身を責める男 Heauton Tinormenos 101
わがもとを去りて They flee from me 11, 45
われらが問を受けとめよ Others Abide Our Question 65, 101

同一性の寓話 Fables of Identity 225, 226, 228

新生 La Vita Nuova 219
シンベリン Cymbeline 26, 30, 32, 47, 79, 80, 82, 88, 89, 90, 92, 93, 94, 106, 111, 113, 119, 125, 152, 153, 154, 162, 165, 178, 193, 199, 201, 212, 219
推測 The Supposes 177, 217
誠実なる羊飼いの女
The Faithful Shepherdess 79, 103
西洋の伊達男 The Playboy of the Western World 184, 218
千夜一夜物語 The Arabian Nights 43
仙女王 The Faerie Queene 222
た
タイアの王子ペリクリーズの傷ましき冒険 The Painful Adventure of Pericles Prince of Tyre 99
タイタス・アンドロニカス Titus Andronicus 72, 73, 97, 99
第四の牧歌 L. Eclogae 186
タンバレン大王 Tamburlaine the Great 37, 51
沈黙の女 Epicoene or the Silent Woman 34, 50
月の女神の饗宴 Cynthia's Revels 97
転身譜 Metamorphoses 166, 222
道徳論 Moral Essays 163
トム・ジョーンズ The History of Tom Jones, a Foundling 100
トロイラスとクレシダ Troilus and Cressida 48, 50, 55, 59, 63, 89, 90, 97, 99, 100, 171, 203
な
何の助けもなきゆえに Since there's no help 11, 45
ニューヨーク・タイムズ書評 New York Times Book Review 185
人間嫌い Le Misanthrope 166
人間論 An Essay on Man 163
野鴨 The Wild Duck 18, 47
は
バーソロミューの市 Bartholomew Fayre 18, 47
パミラ Pamela or Virtue Rewarded 87, 105
ハムレット Hamlet 47, 60, 89
パルナッソスからの帰還 The Return from Parnassus 13, 46
パンドスト Pandost 156, 167, 209
ヒストリオマスティクス
Historiomastix 97
ピーター・パン Peter Pan 185, 218
批評家 The Critic 31, 50
批評の解剖 An Anatomie of Criticism 3, 45
批評論 Essay on Criticism 163
ファウスト Faust 42
ファニーの最初の芝居 Fanny's First Play 55, 97
フィガロの結婚 Le Nozze di Figaro 33, 35, 119
フィラスター Philaster 99
風俗昔話 Popular Antiquities 124
フォースタス博士 The Tragical History of Doctor Faustus 52
フォルミオ Phormio 101
フーガの技法 The Art of Fugue 16, 25
不死鳥と亀 The Phoenix and the Turtle 119, 163
二人の貴紳士 Two Noble Kinsmen 99
冬物語 The Winter's Tale 27, 36, 37, 49, 79, 80, 82, 110, 119, 126, 152, 154, 155, 158, 159, 160, 167, 173, 178, 191, 193, 199・200, 207, 208, 209, 212, 214, 216, 219, 220, 222, 223
プロモスとカッサンドラ Promos and Cassandra 88, 106
文学批評の視点 An Essay on Criticism 228

Through the Looking-Glass 162
悲しき羊飼い The Sad Shepherd or a Tale of Robin Hood 89, 95, 106
空騒ぎ Much Ado about Nothing 28, 34, 50, 67, 68, 70, 87, 88, 89, 92, 94, 105, 113, 118, 121, 136, 149, 62, 165, 166, 179, 194, 217, 219
ガリヴァー旅行記 Gulliver's Travels 165
カンタベリー物語 The Canterbury Tales 167
兄弟 Adelphin 101
クオリティ・ストリート Quality Street 218
クサナドウへの道 The Road to Xanadu 32, 50
草の葉 Leaves of Grass 220
グリ・スポジティ Gli Suppositi 217
黒の仮面劇 Of Blackness 52
君主論 Il Principe 217
経験の歌 Songs of Experience 218
恋と運命の珍しき勝利 The Rare Triumphs of Love and Fortune 78, 79, 102
恋の骨折り損 Love's Labour's Lost 81, 110, 111, 117, 128, 132, 140, 154, 161, 165, 166, 174, 189, 195, 211, 212, 219
恋人の告白 Confession Amatis 51
コウマス Comus 89, 95, 106, 191, 196
国富論 The Wealth of Nations 8, 45
ゴドーを待ちながら Waiting for Godot 41, 52
コリオレイナス Coriolanus 78, 137, 138, 165

さ

サティロマスティクス Satiromastix 97
サー・パトリック・スペンス Sir Patric Spens 39, 52
詩，音楽，舞台劇の弁護 Defence of Poetry, Music, and Stage Plays 102
詩学 Poetica 30
シーザーとクレオパトラ Caesar and Cleopatra 78
磁石婦人 The Magnetic Lady 23, 48
失楽園 Paradise Lost 49, 100, 183
死と入口 Death and Entrance 105
詩の弁護 An Apologie for Poetrie 79
尺には尺を Measure for Measure 18, 19, 20, 21, 36, 46, 47, 48, 67, 75, 88, 94, 106, 112, 118, 135, 162, 165, 178, 181, 188, 189, 192, 193, 200, 220
シャクンタラー Sakuntala 42, 52, 81, 87, 104
じゃじゃ馬馴らし The Taming of the Shrew 112, 116, 134, 140, 164, 165, 177, 192, 194, 219
ジャジャ馬馴ラシ The Taming of a Shrew 135, 165
修道僧の物語 Monk's Tale 217
十二夜 Twelfth Night 5, 15, 27, 35, 59, 100, 111, 113, 120, 134, 138, 149, 164, 165, 166, 173, 192, 194, 209, 211, 212, 219, 222, 225
十人十色 Everyman in His Humour 22, 37, 48, 78, 97
ジュリアス・シーザー Julius Caesar 50, 102
勝負の終わり Endgame 41, 52
女性の鑑・ソフォニスバの悲劇 Sophonisba 38, 51
ジョン王 King John 29, 50
ジョンソン・シェイクスピア論 Johnson on Shakespeare 49
白い女神 The White Goddess 164
神曲 Divina Commedia 100, 219

書名索引

あ
愛の殉教者，あるいはロザリンの不平
Loves Martyr: Or Rosalin's Complaint 164
悪魔はロバ The Devil is an Ass 79,103
足の長いおとり Ballad of the Long Legged Bait 105
アセンズのタイモン Timon of Athens 48, 56, 78, 98, 137, 138, 223
新し亭 The New Inn 22, 23, 24, 25, 26, 41, 44, 48
アヘン吸飲者の告白 Confession of an English Opium Eater 98
あらし The Tempest 14, 35, 37, 39, 80, 82, 89, 103, 110, 113, 119, 126, 129, 152, 163, 167, 178, 192, 193, 200, 201, 205, 206, 208, 209, 210, 211, 212, 220, 221, 222, 223
アルゴナウティカ Argonautica 163
アレグザンダーの饗宴
Alexander's Feast 70, 101
荒地 The Waste Land 39, 51
アントニーとクレオパトラ
Antony and Cleopatra 102, 185
アンドロスの女 Andria 101
アンフィトルオ Anphitruo 86, 161
イギリスの郵便馬車
The English Mail Coach 98
為政者の鏡
A Mirror for Magistrates 32, 51
田舎女房 The Country Wife 106
いましばらくは For the Time Being 30, 50
ウィンザーの陽気な女房たち
Merry Wives of Windsor 14, 57, 81, 98, 112, 124, 126, 127, 129, 135, 165, 197, 205, 220, 221
ヴェニスの商人
The Merchant of Venice 35, 48, 51, 111, 112, 121, 136, 138, 143, 162, 165, 166, 188, 192, 198, 202, 219
ヴェローナの二紳士
The Two Gentlemen of Verona 123, 153, 166, 195, 196, 204, 219, 221
浮世の習い The Way of the World 24, 49, 102
失われた時を求めて A la Recherche du Temps Perdu 101
英国，スコットランド，アイルランド年代記
The Chronicles of England,Scotlande and Irelande 217
エイミスとエイミロウン Amis and Amiloun 81, 103
エピトリポンテス Epitripontes 82
エンディミオン Endymion 81, 103, 196, 220
黄金のロバ Asinus Aureus 163
大通り Main Street 69, 101
お気に召すまま As You Like It 34, 77, 102, 110, 119, 129, 134, 140, 163, 166, 175, 178, 195, 196, 212, 219
オセロー Othello 47, 48
オベロン Oberon 52
終わりよければすべてよし
All's Well That Ends Well 46, 48, 67, 70, 87, 88, 110, 112, 118, 121, 123, 125, 129, 135, 145, 147, 151, 161, 162, 163, 165, 166, 174, 200, 201, 217, 220
音楽の捧げ物 The Musica Offering 16, 25
か
鏡の国のアリス

『シェイクスピア喜劇の世界』

訳者略歴

石原孝哉（いしはら　こうさい）

駒澤大学教授

著書『シェイクスピアと超自然』（南雲堂）、『イギリス人の故郷』、『ロンドン歴 史の横道』、『素顔のスペイン』（以上三修社）他。
訳書『煉獄の火輪』（オセアニア出版）、『同一性の寓話』（法政大学出版局）他。

市川　仁（いちかわ　ひとし）

中央学院大学助教授

著書『文学と人間』（金星堂）
訳書『王冠』（文化書房博文社）

石原孝哉と市川仁の共著訳書

共著『イギリス文学の旅』、『イギリス文学の旅Ⅱ』、『ロンドン・パブ物語』、『ミステリーの都ロンドン』（以上丸善）
共訳『ノースロップ・フライのシェイク スピア講義』（以上三修社）